Por Debaixo da Toga

Humor Judiciário

Roney Oliveira

Por Debaixo da Toga

Humor Judiciário

Prefácio:
Prof. Dr. Hermes Vilchez Guerrero

Apresentação:
Des. Marcos Henrique Caldeira Brant

Del Rey

Belo Horizonte
2024

EDITORA DEL REY LTDA.
www.editoradelrey.com.br

Editora: Aldria Oliveira Bretas

Coordenação Editorial: Conrado Esteves

Diagramação e revisão: Know-how Editorial

Capa: Conrado Esteves

Editora:
Rua dos Goitacazes, 71 – Lojas 20 a 24
Centro – Belo Horizonte – MG
CEP 30190-050

Comercial:
Tel.: (31) 3284-3284
vendas@editoradelrey.com.br

Editorial:
editorial@editoradelrey.com.br

O48p Oliveira, Roney
Por debaixo da toga: humor judiciário / Roney Oliveira. – Belo Horizonte : Del Rey, 2024.
171 p.

ISBN: 978-65-00-91438-2.

1. Anedotas. 2. Inhapim (MG). 3. Humor, sátira, etc. 4. Direito. 5. Poder judiciário. 6. Juízes. 7. Delegados de polícia. I. Título.

CDU: 82-36

Junio Martins Lourenço – Bibliotecário – CRB 6-3167

A todos aqueles – magistrados e servidores – que edificaram a grandeza e a juventude do Eg. Tribunal de Justiça de Minas Gerais em seus 150 anos de profícuo existir.

Aos saudosos desembargadores Oliveira Leite, José Arthur, José Norberto, Francisco Bernardo Figueira, Lincoln Rocha, Régulo da Cunha Peixoto, Jacomino Inacarato, Ayrton Maia, José Costa Loures e Iracy Jardim – representantes de todos os alavancadores da carreira do autor.

Aos parvos especialistas em "Assuntos Gerais" e "Regimento Interno".

Aos cultores e adoradores da famigerada e hipócrita "liturgia do cargo".

Aos habitantes de Lilliput, que ascenderam, descendo, à cumeeira do "pudê" e, a contragosto, retornaram ao terraplanismo dos insignificantes paraquedistas.

Agradecimentos e homenagens

Ao sacrossanto autor do Sermão da Montanha, que nos ensinou a despreocupação com o amanhã, por ter o dia de hoje suas próprias atribulações.

Ao Prof. Dr. Hermes Vilchez Guerrero, gentil prefaciador.

Ao Des. Marcos Henrique Caldeira Brant, pela pacienciosa pré-leitura e pela honrosa apresentação.

Aos saudosos e bem-humorados desembargadores:

José Domingues Ferreira Esteves;

Marino da Costa e Silva;

Ney Paolinelli de Castro; além de

Alencar Serrão Neves (PJ do MPMG).

Aos álacres, irreverentes, levemente irônicos e suavemente mordazes:

Voltaire;

Pitigrilli;

Millôr Fernandes (filósofo maior, travestido de humorista, cartunista, teatrólogo e melhor tradutor de Shakespeare);

Aporelly, cognome Barão de Itararé;

Chico Anysio e Jô Soares.

PERENAL GRATIDÃO aos doutores:

Antônio Aurélio;

Bertoldo Mateus e

Leontino de Melo Chaves, coautores (ou cúmplices?) da pioneira e aplaudida obra "*Vade Retro Forense*: causos, anedotário e reminiscências", fonte de inspiração da capa e do recheio deste livrinho.

Ainda:

Ao saudoso magistrado Augusto José Vieira Neto, vulgo "Augustão Bala-Doce", que nos ensinou a rir de nós mesmos.

"Ridendo castigat mores."

"O franco exprime o que pensam os dissimulados."

(Ângela Alonso)

Para ser um bom juiz, necessário ter senso comum, bom-senso e uma pitada de senso de humor - além de saber ler e escrever.

(minha autoria)

Se é verdade que "a vida começa aos quarenta", para o autor recomeça ela aos oitenta – no período pós-pandemia, na cicatrização da sofrida viuvez e no renascer da "feliz idade" conjugal, **reincidência específica no amor**, dantes conceituado, em versos, como "algo indefinível", sendo essa, talvez, "sua melhor definição".

(minha quase autoria)

Prefácio

A vida profissional - algumas carreiras em especial - nos leva por muitos e diversos caminhos. No caso dos magistrados, eles passam por muitas comarcas, moram em diversas cidades, vivem em regiões distantes no estado mineiro.

O juiz de Direito, como se sabe, atua em diferentes áreas: civil, penal, empresarial, atua em tribunais, ocupa cargos de direção forense. Isso lhe permite "viver muitas vidas", ouvir muitas histórias e estórias, conhecer pessoas que mais parecem personagens de contos, crônicas e lendas.

O autor deste livro, o magistrado Roney Oliveira, teve a rica possibilidade de experimentar isso. Desde sua cidade natal, Lajinha, até Belo Horizonte, onde se formou em 1965 na Faculdade de Direito da Universidade Federal de Minas Gerais, ele viveu plenamente o que o Direito nos oferece. Foi escrivão de polícia (1965), advogado (1965-1969), promotor de justiça (1969), juiz de Direito em Divino (1970), juiz Auditor da Justiça Militar (1972-1974), novamente juiz de Direito em Inhapim (1972-1974), em Conceição do Mato Dentro (1976-1978), em Muriaé (1978-1981) e voltou para Belo Horizonte para ser juiz (1981-1988). Em 1988, foi promovido a juiz do Tribunal de Alçada do Estado e, no ano de 1994, a desembargador do Tribunal de Justiça, onde também foi corregedor de justiça.

Ao lado disso, nas diversas cidades em que exerceu a judicatura, foi diretor de escolas e professor de português. Nessa condição, influenciou e incentivou muitos jovens a continuarem a estudar. Também foi professor universitário, inclusive na Faculdade Mineira de Direito da PUC-Minas. Escreveu inúmeros artigos doutrinários e um excelente livro de memórias de seu tempo de estudante universitário.

Como se vê, viveu o Direito e a judicatura em plenitude. Merece destacar que sempre os exerceu com responsabilidade, extrema dedicação e muita cordialidade. Sou testemunha disso porque tive a oportunidade de com ele atuar no Tribunal de Justiça quando ele era desembargador. Sempre tive pelo autor grande admiração, especialmente depois de ouvir presencialmente seu discurso de posse no extinto Tribunal de Alçada.

Depois de aposentado, creio, perdeu um pouco o aspecto grave que a maioria dos magistrados traz no semblante. Vez ou outra, o encontro pelas ruas de nossa Belo Horizonte, em feiras de antiguidades ou em solenidades. Sempre gentil, generoso nas palavras e nos gestos e pronto para recordar alguma passagem de seus tempos de estudante universitário.

O que eu desconhecia era sua qualidade de *causer*. Os caminhos que percorreu, as pessoas que conheceu, frequentadores dos fóruns, colegas de faculdade ou de magistratura, foram fonte riquíssima para se transformarem em personagens deste rico livro. Sua aguçada capacidade de observação e seu olhar atento captaram o pitoresco, o inusitado, o surpreendente nas muitas situações que viveu, que testemunhou ou ouviu.

Muitas dessas histórias estão retratadas aqui para deleite de seus amigos, leitores e, por que não dizer, para registro histórico do Poder Judiciário mineiro. São histórias e estórias interessantes, retratadas com simplicidade, apurada técnica e muita, muita graça. Nosso ramo de atuação – o Direito – é sisudo, tenso, muitas vezes conflitivo. Este livro é um bálsamo para todos nós que trabalhamos no campo forense.

É um belo presente o que o desembargador Roney Oliveira nos oferece. Tive o privilégio de ser um dos primeiros leitores deste livro. Sua leitura me provocou muitos risos e me fez imaginar com alegria as muitas cenas retratadas em suas páginas.

Seus casos são repletos de graça, redigidos com elegância e respeito aos personagens envolvidos. Muitos deles eu conheci.

Parabéns à Editora Del Rey, ao Tribunal de Justiça de Minas Gerais, que tem magistrados que não perdem o bom humor mesmo no difícil exercício da judicatura, e especiais cumprimentos e agradecimentos ao autor por este belo presente.

O autor sempre me dispensou muitas gentilezas, desde quando eu ainda era um jovem e iniciante advogado, e por isso fico especialmente feliz de constatar que ainda mereço sua consideração. Obrigado pelo convite para fazer esta apresentação. Obrigado pela distinção.

O autor é querido, respeitado e admirado por todos os que têm ou tiveram a oportunidade de com ele conviver, seja profissionalmente, seja como amigos. Permitam-me que traga à colação um trecho do prefácio de outro livro seu: *NOS TEMPOS DA DITABRANDA*, no qual rememora seus tempos de estudante universitário na UFMG. O prefácio desse livro é do jornalista Hélio Fraga: "O desembargador Roney Oliveira é um ser humano extraordinário, realmente, pelo conjunto de sua obra, pela sua conduta impecável, pelo desempenho de sua carreira na magistratura – sem empinar o nariz e estufar o peito, sem ser arrogante e prepotente, sem se empolgar com poder e dinheiro, e sem ser escravo da vaidade, sendo essa pessoa cordial, simples e amena, que cativa quem convive com ele ou apenas o conhece".

Estimado Desembargador Roney Oliveira, parabéns pelo livro, parabéns, especialmente, pela sua carreira de magistrado e educador.

Hermes Vilchez Guerrero
Diretor da Faculdade de Direito da UFMG.
Advogado criminalista.

Apresentação

A apresentação é parte integrante de um livro e, habitualmente, é elaborada pelo próprio autor para que ele justifique e introduza o tema a ser abordado. Nada obsta, porém, que, em um gesto de cordialidade e deferência, a incumbência seja delegada a um amigo ou referência no assunto, para que este possa exprimir a sua opinião a respeito da obra.

Dessa forma, o autor Roney Oliveira gentilmente me convidou para a prazerosa tarefa de elaborar a apresentação de seu novo livro: "*Por debaixo da toga:* humor judiciário", o que muito me distingue.

O próprio título, atribuído ao livro, já denota o seu propósito. São revelações de casos e situações reais ocorridos nos bastidores do dia a dia forense, quer num fórum ou tribunal, no círculo institucional ou em ambientes sociais, locais onde corriqueiramente nos deparamos com acontecimentos e situações cômicas que, relembrados e contados, tomam contornos de verdadeiras anedotas propaláveis.

Aliás, é certo que operadores do direito – magistrados, promotores, procuradores, defensores, delegados e advogados –, no desempenho de seus ofícios específicos, se deparam cotidianamente com situações inusitadas, hilariantes, e que depois são recordadas e repassadas, via de regra, com leves alterações para "turbiná-las".

Mas "rir é o melhor remédio". Essa surrada expressão – cunhada não sei por quem – a meu ver expressa a mais absoluta verdade. O riso, como manifestação da alegria, realmente é medicinal e traz diversos benefícios, físicos e psicológicos, à saúde, de modo que não podemos dele prescindir.

O autor, octogenário magistrado, na sua trajetória e nas pelejas da nobre e árdua profissão de compor conflitos humanos com o equilíbrio da balança e a força da espada, vivenciou, direta e indiretamente, diversas situações, as quais, em esforço de memória, separou, catalogou, materializou e consolidou em escritos, não as deixando somente nas linhas de sua memória.

Graduado pela Faculdade de Direito da UFMG, a "Vetusta Casa de Afonso Pena", iniciou sua trajetória profissional como jovem e idealista advogado, militante na comarca de Lajinha, sua terra natal. Como Promotor de Justiça, atuou nas comarcas de Dom Joaquim e Divino. Ao ingressar na magistratura, após rápida passagem pela Auditoria Militar, foi Juiz de Direito nas comarcas de Inhapim, Conceição do Mato Dentro, Muriaé e Belo Horizonte. Ascendeu ao extinto Tribunal de Alçada e, finalmente, ao Tribunal de Justiça, onde, voluntariamente, se aposentou, aos 68 anos, após ocupar a Corregedoria-Geral de Justiça (out. 2004 a out. 2006).

Durante toda a sua trajetória, foram nada mais nada menos do que 47 anos de devotada carreira jurídica, dedicada inteiramente à realização da justiça. E convenhamos que grande parte dessa trajetória se deu numa época em que imperavam muitas dificuldades: malha rodoviária e transporte precários, comunicação deficiente, estrutura de trabalho (em recursos humanos e materiais) indigna e, claro, salários aviltantes em relação à relevância das funções exercidas.

Já nos seus 41 anos dedicados exclusivamente à magistratura, o autor, mesmo em meio às agruras do ofício, soube registrar e catalogar com bom humor interessantes acontecimentos da sua vida judiciária dos anos 70, 80 e 90 do século XX e da primeira década do século XXI.

Neste livro estão compilados contos, narrativas de épocas passadas e episódios cômicos e hilários da vida cotidiana forense.

Os textos narrativos são curtos e diretos, não se descurando, porém, da linguagem sólida e rebuscada. São de leitura fácil e atraentes pelo humor subjacente que, quase sempre, já se revela pelos títulos para lá de chamativos.

Em praticamente todos os textos, é impossível conter o riso. Talvez, para alguns leitores mais recatados, podem até soar como indecentes, mas reputo ser uma indecência fina. Algumas passagens nos textos são de fato "picantes", mas sempre elegantes.

O livro está estruturado e dividido em nove cadernos temáticos, donde, de cada tema central, se irradiam os textos dos casos cômicos.

Uma observação que também reputo interessante e necessária é que, da maioria dos casos cômicos relatados, é possível abstrair história. Sim, é isso mesmo. Muitos dos "causos" contidos no livro são, na verdade, o que se denomina "micro-história", definida esta como a análise de elementos do passado histórico em nível de escala muito reduzido. Essa "micro-história", que normalmente tem como fonte a narrativa oral, relata detalhes que, ordinariamente, não são registrados na história – geral e abrangente – e, não raras vezes, revelam fatos e realidades até então desconhecidos.

Tomamos como exemplo os casos cômicos contidos no caderno II, ocorridos há mais de 35 anos, durante as férias forenses, na colônia de veraneio de magistrados. O autor foi parte daquela época e vivenciou praticamente todas as nuances do processo de aquisição, formação e consolidação daquela colônia.

Dessa forma, dos textos narrativos, embora predominantemente cômicos, o leitor atento e interessado abstrai informações e pequenos detalhes que estavam perdidos no tempo e não constam dos registros institucionais oficiais, os quais podem servir de fonte para o historiador ou pesquisador no aperfeiçoamento de um fato histórico.

Dessa forma, para além de ser uma leitura agradável e divertida, o presente livro do colega Roncy Oliveira, ao trazer à tona casos até então desconhecidos e não registrados, mostra-se, pelo conteúdo apresentado, também como uma contribuição à história forense mineira.

Desejo uma boa leitura. Ou melhor, um bom divertimento.

Des. *Marcos Henrique Caldeira Brant*

Sumário

CADERNO I
Desembargador tem cada uma

CADERNO II

Colônia de Férias de Nova Viçosa/BA: primeira saída da Amagis para o mar

CADERNO III

Nós, os juízes, e nossas idiossincrasias

CADERNO IV

Delegados leigos, concursados ou nada especiais

CADERNO V
Etc., etc., principalmente etc.

CADERNO VI
Por debaixo da toga, dos caracóis dos seus cabelos e do sol

CADERNO VII
A *via crucis* promocional

CADERNO VIII
No Clube Recreativo Forense

CADERNO IX
Pontofinalizando

Caderno I

Desembargador tem cada uma

1

Um galo cego e neurastênico

Em tempos remotos, pontificou na Corregedoria-Geral de Justiça um profissional muito culto, embora sistemático.

Faltava-lhe um olho, o que não o impedia de ter uma visão panorâmica de todo o arcabouço judiciário, punindo com rigor os magistrados e servidores faltosos.

Juiz estreante, não fui bem recebido por ele em minha única visita à Corregedoria, ambos de pé, sem que ele me convidasse a entrar no recinto.

Essa primeira impressão não foi das melhores, o que não me impede de relatar um episódio hilário, mas absolutamente verdadeiro de sua gestão.

Tive a cautela de confirmar sua veracidade com uma filha do personagem.

Segue o relato:

O eminente sobrejuiz viajava para uma comarca interiorana, onde faria correição.

A viagem era longa, cansativa, em estrada poeirenta e pedregosa.

Lá pelas tantas, perguntou ao motorista:

— É verdade que vocês puseram um apelido em cada um dos desembargadores?

Constrangido, o chofer respondeu que nenhum dos colegas cometeria tamanho desrespeito a um superior hierárquico.

Insatisfeito com a resposta, o desembargador insistiu na pergunta, até vencer seu subordinado pelo cansaço:

— Confesso que, no intervalo do serviço, em tom de brincadeira, colocamos alguns *apelidos* nos senhores.

Obtemperou a chefia: "Se todos recebem alguma alcunha, qual seria a minha?".

Em seguida, disse o motorista:

— Todos receberam apelidos, menos o senhor!

O colega não se deu por vencido e ponderou:

— Fique à vontade para declinar meu apelido. Dou-lhe liberdade para isso. Afinal de contas, somos dois amigos viajando. Solte a voz, pode falar a verdade!

Balbuciou o pobre subalterno:

— Já que o senhor insiste, confesso que também lhe demos um apelido, mas prefiro não dizer como o apelidamos.

O velho magistrado continuou insistindo no tema.

Sentindo-se à vontade, afirmou o motorista:

— **SEU APELIDO É GALO CEGO!**

Furibundo e apoplético, o nosso deficiente visual ordenou que seu fiel escudeiro estacionasse o carro oficial no acostamento, escorraçando-o do veículo e do próprio serviço público. Moral da história:

A JUSTIÇA É CEGA, MAS NEM TANTO...

2

Assim como os brutos, os velhos também amam!

Natural de Pará de Minas, o Des. Ferreira de Oliveira a todos encantava pela lhaneza no trato, pelo cavalheirismo, pela boa educação, pela hospitalidade, pela *finesse*.

Chegou a presidir o TJMG por curto período, mas o poder nunca lhe subiu à cabeça.

No início de minha carreira na judicatura, fazia eu a obrigatória via sacra, verdadeira *via crucis*, em busca de votos para a promoção.

Eram tempos de vacas magras, os desembargadores não tinham gabinetes de trabalho, seus escritórios eram domésticos.

Meu futuro eleitor residia na rua Cura d'Ars, no bairro Barroca.

Senti-me inteiramente à vontade ao transpor os umbrais de sua porta, onde minha esposa e eu fomos recebidos por Sua Excelência e a consorte, D. Rosinha Vaz de Melo.

Apresentava ela o nariz engessado, resultado de recente cirurgia estética facial.

Relatou-nos o simpático desembargador que, ao visitar o hospital em que a mulher fora operada, permanecera juntinho dela, gestos afetuosos, mãos entrelaçadas.

Surpresa com a explícita demonstração de carinho, a enfermeira de plantão ouviu do carinhoso marido:

— Você já assistiu ao filme de faroeste: *Os brutos também amam*[1]? Se assim é com eles, por que os velhos também não podem amar?

Tempos depois, já aposentado aquele desembargador, que nunca comparecia ao trabalho sem a elegância de um colete, passei a lecionar Processo Penal na Faculdade de Direito Monsenhor Messias, em Sete Lagoas, onde também lecionava o Prof. Roraldo, filho do supramencionado e saudoso chefe.

Contou-me o filho, a respeito do pai, que este se comprometera a adquirir as bebidas alcoólicas quando um grupo de amigos fora convidado para o festejo de seus 18 anos.

---

1 Filme dirigido por George Steven, que retrata a mudança de vida de um pistoleiro que decidiu viver uma vida tranquila no campo.

Recebidos os oito convidados, abriram-se a primeira, a segunda e a terceira garrafas de cerveja.

Como não houvesse mais nenhuma bebida na geladeira, o filho indagou ao pai:

— O senhor não garantiu que compraria toda a bebida para a festa? Onde estão as outras garrafas?

Respondeu-lhe o velho e abstêmio pai:

— Acontece que você me disse que traria um grupo de amigos, não um bando de alcoólatras!

Relata, ainda, o também saudoso Roraldo que convidou o seu "mais britânico dos pais" para conhecer o superlotado Mineirão, num final de campeonato, entre os eternos rivais Cruzeiro x Atlético.

Naquelas priscas eras, as "otoridades" não pagavam ingresso e ainda faziam jus a camarote especial.

O filho recusou a mordomia, convencendo o pai de que o jogo seria mais emocionante se assistido da arquibancada (geral), juntamente com o "povão" e perto do melhor marmitex de feijão-tropeiro de *Beagá*.

Cumpriu-se a vontade do filho.

Partida disputadíssima.

Como de costume, os torcedores do time em desvantagem espinafravam o juiz e sua progenitora:

— JUIZ FILHO DE UMA ÉGUA, LADRÃO, VENDIDO, VIADO, F.D.P.!

O ilustre torcedor estreante, do alto de sua prosopopeia, também resolveu xingar o árbitro:

— JUIZ AMORAL, AÉTICO, DESPROVIDO DE BOA-FÉ, FILHO DE UMA MERETRIZ!

O populacho supôs que o palavreado do distinto torcedor fosse mais cabeludo do que o seu.

Na sequência, numa só voz, os populares zurraram:

— JUIZ A-M-O-R-A-L! A-É-T-I-C-O!...

O jogo terminou empatado, mas o árbitro saiu escoltado de campo.

3

Frei Lambas

Natural de Montes Claros e seminarista em Diamantina, o beatíssimo Lamberto de Oliveira Sant'Anna vivia, *lato sensu*, em estado de graça, seja porque fosse muito divertido, seja porque era um homem virtuoso, de comunhão diária, cujo principal objetivo, no crepúsculo da vida, seria a graduação em Teologia, na Universidade Gregoriana do Vaticano.

Ingressamos na magistratura no concurso público de 1970.

Visitei-o na comarca de Raul Soares, onde o encontrei aboletado no alpendre de uma rústica casa de chácara.

Na oportunidade, confidenciou-me que havia arranjado uma maneira original de cumprir as determinações superiores, a respeito do isolamento dos menores infratores, que deveriam ser internados em unidades especiais, para que não houvesse coincidência de espaço com os criminosos adultos.

Curioso para conhecer a novidade, fui conduzido à cadeia pública, onde o juiz de menores me exibiu sua criativa solução para o problema: os cinco xadrezes comuns continuavam pintados de branco.

O sexto alojamento, pintado de azul, ostentava, em letras garrafais, a placa: "**SALA ESPECIAL DE RECOLHIMENTO DE MENORES**".

Dizem os seus ex-colegas que Lamberto de Oliveira Sant'Anna, carinhosamente alcunhado de Frei Lambas, fora expulso do seminário após surrar um atacante de futebol que lhe vazara o gol, por ele desguarnecido.

Na mesa amarela, reservada ao café dos magistrados, era ele o maior dos piadistas, ao lado de José Domingues Ferreira Esteves.

A mais conhecida de suas anedotas abordava uma mulher japonesa cuja genitália seria atravessada, como se espalhava na época.

A mulher enviesada teria escorregado no corrimão de uma escada, despida da peça mais íntima do vestuário feminino.

Ao narrar o escorregão, Frei Lambas imitava, com um ruído bucal característico, qual o som que a *escorregante* japonesa teria produzido no atrito de sua genitália com a madeira.

Ninguém conseguia repetir oralmente a sonoridade do imitador.

Lado outro, impossível reproduzir no papel a originalíssima imitação sonora do íntimo atrito.

Na Capital, Lamberto foi juiz sumariante do Tribunal do Júri, onde procedeu ao interrogatório, por tentativa de homicídio, de um denunciado que desferira um tiro de garrucha de baixo para cima de uma escada, atingindo, de raspão, a testa da vítima, sem que ela morresse, por circunstâncias alheias à vontade do agente.

Perguntado pelo juiz, respondeu o interrogando que sua garruchinha Laport, amarrada na cintura por um barbante, desprendera-se da amarra e caíra ao chão, o que ocasionara o disparo acidental, que atingira a testa do desafeto.

Descrente da versão apresentada, o magistrado, por duas ou três vezes, insistiu em uma única pergunta, sempre respondida da mesma forma pelo acusado.

Lá pelas tantas, irritou-se Sua Excelência, esmurrando a mesa, e, altissonante, acicatou:

— Você acha que eu sou alguma besta, para acreditar na sua versão? Do jeito que o senhor diz, **seu tiro está muito parecido com um peido, detonado para baixo, mas resvalando no nariz da vítima escada acima**.

Noutra oportunidade, um bacharel apedeuta processou Lamberto, em busca de ressarcimento por danos morais, já que fora chamado de analfabeto pelo magistrado.

Melhor seria se o analfabetismo alheio não se prestasse ao espezinhamento judicial, mas o pleito indenizatório foi julgado improcedente, pelo singelo motivo de que o causídico não sabia ler, nem escrever, embora aprovado no rigoroso exame da Ordem.

Outra história de Lamberto:

Na fila do restaurante da Faculdade, foi ele abordado pelo diretor Alberto Deodato, que lhe deu um piparote no rotundo ventre, exclamando:

— Eis a curva da prosperidade!

Respondeu o protuberante colega:

— Não se trata de curva, muito menos de prosperidade, meu caro diretor: é *osta pura!

4

Para o perdedor, o juiz é sempre um ladrão!

Para o time perdedor, o juiz é sempre venal, o mesmo ocorrendo para o derrotado nas eleições e nas demandas.

Em sua passagem pela 13ª Vara Cível da Capital, o saudoso Des. Reynaldo Ximenes Carneiro deferiu uma liminar em sede de Ação Reintegratória de Posse.

O advogado *ex adverso* compareceu ao gabinete do magistrado, tentando, através de "embargos auriculares", reverter aquela decisão preambular.

O juiz se manteve irredutível, alegando que a decisão desfavorável deveria ser combatida pela via recursal ordinária, não pela informalidade de um pedido de reconsideração, não previsto em lei.

O advogado não se deu por vencido, ponderando que as más línguas comentavam, pelos corredores do fórum, que a questionada liminar fora vendida pelo magistrado Ximenes, que não se abalou com a grosseira assertiva do advogado jejuno:

— É muito natural que duvidem da honestidade do juiz. Já fui advogado e também chamei muito juiz de desonesto quando sua decisão me era adversa!

5

Duas de São Paolinelli de Castro

O Des. Ney Paolinelli de Castro a todos encantava pela lhaneza de trato, pela cultura e pelo contagiante bom humor, exercitado na longa e profícua advocacia, no Tribunal de Alçada, de que foi presidente, e na desembargadoria.

No TAMG, o café era servido pelo Batista, garçom de porte agigantado, que exibia na mão direita um desproporcional dedo médio, cujo inchaço se assemelhava a um panarício.

Incomodado com o dedão do servente, Paolinelli exclamou:

— O enorme dedo do Batista é prova inconteste de que o Criador fez tudo muito bem-feitinho, atribuindo a cada um a profissão compatível com seus dons.

E arrematou:

— **Vocês já imaginaram se, em vez de um simples garçom, Batista fosse proctologista?**

Outra do Paolinelli, por ele contada em uma excursão dos juízes do Tribunal de Alçada a Serra Azul, nas vizinhanças de *Beagá,* onde se situa o maior reservatório de abastecimento d'água da Capital:

Os tempos eram sombrios, amedrontadores, pelo generalizado temor de contaminação pelo vírus da AIDS.

Segundo a piadinha de nosso saudoso amigo, o referido vírus queria, a todo custo, encontrar um c*zinho em que pudesse adentrar.

Logo que avistou um esquivo *fiofó*, perseguiu-o em desabalada carreira.

Temerosa do pior, a vítima correu mais do que seu perseguidor, mas, vencida pelo cansaço, ficou encarcerada por um muro alto.

Desesperada, clamou por ajuda, até que surgiu o gênio da lâmpada e lhe permitiu fazer um único pedido, ao que ela respondeu:

— Por favor, quero ser transformada em qualquer coisa ou animal, para me livrar da perigosa perseguição.

Pedido feito.

Pedido atendido.

O vírus da AIDS chegou ao muro intransponível, sem saber como o perseguido escapara do cerco.

A dúvida persistiu até que o perseguidor olhou para o galho seco de uma árvore, onde repousava um estranho pássaro, de penugem semelhante às demais aves da sua espécie, mas com um bico que não era pontiagudo e se assemelhava a uma boca murcha e arroxeada, que se abria e se fechava como um fole.

Perguntou o vírus ao estranho alado:

— Porventura você é um passarinho?

Respondeu o bicho de penas positivamente, acenando com a cabeça, mas sem abrir o inexistente bico.

Insistiu o inquiridor:

— Prove que é um pássaro. Cante!

Resposta:

— **PUUUUMM!!!**

6

A barrigada, o grande charreteiro e a *nárdega*

Morador do bairro Calafate, ao lado da igreja local, o Des. Francisco Bernardo Figueira era sogro de um amigo meu, Dr. Luís Marcelo Inacarato, colega de concurso do MPMG e, depois, da JMMG, de cujo Tribunal foi presidente.

Claudicava aquele desembargador de um dos pés, apesar de ser um homem forte, graças à integral dedicação a um de seus três filhos, portador da síndrome de Down.

A pequenina deficiência física e o mal que acometia o filho não foram suficientes para tolher o bom humor de nosso personagem, de quem destaco três relatos.

O primeiro deles consta de um livro que me foi dedicado pelo autor e que reproduz uma querela a ser desatada por um juiz de paz da roça – personagem imortalizado em comédia homônima de Martins Pena[1].

Era comum, na zona rural, que o dono do leitão ou da leitoa castrasse o suíno e o entregasse, para engorda, a um vizinho.

Finalizado o trabalho do tratador, quando o porquinho virava um porcão de oito ou nove arrobas, pronto para a venda ou o abate, os dois sócios o dividiam ao meio, cabendo cada uma das bandas a um deles.

Procurado, o mencionado juiz – precursor dos juizados especiais – não entendeu a razão do dissídio, porquanto, em tal sociedade de criação e engorda de suínos, a partilha se fazia meio a meio, como era corriqueiro e consuetudinário.

Diante da perplexidade do árbitro, os demandistas obtemperaram:

— Até esse ponto, de partilhar o capado ao meio, estamos de acordo, senhor juiz. O desacordo é apenas um. Após a partilha da carne e da gordura, como será dividida a barrigada?

---

1 *Juiz de Paz na Roça* é uma comédia de Martins Pena, estreada em 4 de outubro de 1838, no Teatro de São Pedro, no Rio de Janeiro.

Noutra oportunidade, na estrada de Nova Lima, onde iríamos degustar um cabrito assado no Restaurante Tupamaro, o Des. Bernardo Figueira resolveu zombar de nossos colonizadores, ao afirmar que, em Portugal, o filme **Ben-Hur** fora traduzido para **O Grande Charreteiro**.

Contou-nos, ainda, que a revista alemã **Burda**, especializada em moda feminina, fora traduzida para o português, inclusive em seu nome, que passou a ser: *N-Á-R-D-E-G-A*!

7

Numa rodovia de alta velocidade, reduza

O Des. Hélio Armond Werneck Cortes, ex-presidente do TJMG e integrante da Academia Mineira de Letras, era portador de multifacetada cultura jurídica, literária e musical.

Concunhado do Des. Bernardo Figueira, também participou da cabritada novalimense, oportunidade em que contou refinadas piadas, das quais reproduzo a mais interessante.

Segundo o narrador, um motorista dirigia a 180 km/h em uma rodovia de alta velocidade.

Alertado pela placa "**Reduza a 150 km/h**", freou o veículo; e diminuiu ainda mais a marcha ao avistar a seguinte placa: "**Reduza a 120 km/h**".

Os freios foram acionados outras vezes mais, diante das novas placas de advertência: "**Reduza a 100 km/h... 80... 60... 40... 20...**".

Quando o automóvel estava devagar, quase parando, vislumbrou-se a penúltima placa: "**Reduza a 10 km/h**".

Na chegada da urbe, a derradeira:

SEJA BEM-VINDO A REDUZA!

8

Edésio Fernandes e sua prodigiosa memória

Ex-presidente do TJMG, que emprestou seu nome à Escola Judicial, o ilustre filho de Dr. Lund[1] era líder inconteste da magistratura e recebia muito bem os jovens juízes em sua residência no bairro Serra.

Extremamente perspicaz, decifrava a parte mais absconsa de nossa alma, adivinhava nossos pensamentos e exibia prodigiosa memória.

Nos idos de 1974, quando resolvi abandonar a Justiça Militar Estadual e retornar à justiça comum, via readmissão, fui à casa daquele líder e lhe expus a pretensão, com opção pela comarca de Inhapim, justificando a escolha pela proximidade de Caratinga (29 km), onde minha esposa pretenderia matricular-se na Faculdade de Filosofia e Letras.

Anos depois, ao pleitear promoção para Conceição do Mato Dentro, perguntou-me Edésio:

— Sua esposa já concluiu o curso de Filosofia e Letras?

Resposta, constrangida, deste escriba:

— Não o concluiu porque sequer o iniciou.

Episódio semelhante ocorreu a colega outro, de ascendência libanesa, integrante da famigerada SIT[2].

Com o serviço em atraso, arranjou ele uma desculpa esfarrapada para justificar a pleiteada promoção:

— Minha mulher está com câncer no seio e necessitamos de um centro médico mais avançado para seu tratamento específico.

Os votantes se condoeram da má sorte da esposa do confrade e o promoveram para a primeira vaga que se abriu.

1 Distrito do Município de Pedro Leopoldo.

2 A Sociedade dos Inimigos do Trabalho (ou SIT) é um termo utilizado por este escriba para se referir aos profissionais que preferem o lazer à prolação de despacho.

Tempos depois, nova vaga, renovada inscrição, mas a mesma desculpa para a pleiteada promoção:

— Preciso ser promovido, com urgência, para a Capital, para que minha esposa se submeta ao tratamento do câncer de mama.

Calejado de tanto ouvir desculpas e justificativas mendazes e esfarrapadas, perguntou Edésio ao reincidente postulante:

— Na promoção anterior, você apresentou a mesma desculpa do câncer no seio de sua mulher. Invente outra!

O candidato não se deu por vencido:

— Acontece, Excelência, que o câncer anterior atingira o seio esquerdo e agora se alojou no direito!

9

Os Irmãos Metralha vão à luta, em passo de ganso, ao som da "Marselhesa" e da Abertura "Caveleria Ligeira"

Na década de 1980, três inseparáveis irmãos, quase siameses, de itálica ascendência, abrilhantavam e, ao mesmo tempo, perturbavam a bonança do Judiciário mineiro.

Não caminhavam: marchavam ao som marcial, mencionado no título deste relato.

Numa de suas perambulações, em busca de improvável promoção, aportaram no bairro Santo Agostinho e visitaram um apartamento da rua Mato Grosso, exatamente no momento em que o Des. José Arthur almoçava às pressas, para adentrar no carro oficial, que o levaria a uma importante sessão de uma das câmaras criminais do TJMG.

Os incômodos postulantes não desconfiaram que o comensal estava apressado, para não se atrasar nos julgamentos.

Sequer observaram a viatura que se encontrava à espera do ilustre passageiro.

Parece que não consumiam comprimidos do medicamento SEMANCOL, razão pela qual **não se mancaram**.

Polidamente, foi-lhes oferecido o almoço, já no final do segundo tempo.

Surpreendentemente, convite feito, convite aceito.

Via de consequência, o presidente da Câmara foi censurado pela impontualidade, decorrente da imprudência dos azougados visitantes, que acabaram baixando noutro centro ao se sentirem perseguidos pelo TJMG, que jamais acolheu seus pleitos promocionais.

Muitos anos após o ocorrido, um dos irmãos, de elevadíssimo QI, passou a ocupar importante cargo num tribunal de outro Estado.

Ao participar de um congresso nacional, fugiu ele da temática jurídica e dissertou sobre relevantíssimo tema: **a importância do gerúndio**.

Como não entendêssemos patavina de sua palestra, mudou de assunto e passou a dissertar sobre a importância do... **gerundivo**[1].

---

1 Continuo desconhecendo o significado do tal gerundivo, mas o dicionário ensina que condiz com a modalidade de gerúndio latino, empregado no particípio futuro passivo. Exs.: doutorando, bacharelando.

10

Marinadas

Na comarca do Divino[1], cujo juiz era Marino da Costa e Silva, tive o privilégio de trabalhar ao seu lado, como Promotor de Justiça, e de sucedê-lo na judicatura após sua promoção para Carlos Chagas.

Filho de família humilde, oriundo da zona rural de Caratinga, Marino estudou Teologia, mas abandonou a vocação sacerdotal e abraçou a carreira jurídica, que iniciou, sempre por concurso público, como Delegado de Polícia em Santa Luzia.

Assumiu, em seguida, a carreira de magistrado nas comarcas de Divino, Carlos Chagas, Pirapora, Juiz de Fora e Belo Horizonte, donde foi promovido aos tribunais de Alçada e de Justiça.

O poder nunca lhe subiu à cabeça.

Manteve, em seus 88 anos de vida, a simplicidade dos sábios, aliada ao destemor dos líderes classistas, que nada temem porque não lutam em causa própria e, por isso, nada têm a perder.

No momento decisivo da escolha de uma chapa única para concorrer à direção da AMAGIS, opuseram-lhe um veto injusto, o que me fez sair, aos brados, em sua defesa:

— Não admito veto infundado à indicação de Marino para uma das vice-presidências da AMAGIS. Trata-se de um colega leal, verdadeiro e de liderança inconteste, comprovada pela votação majoritária por ele obtida, no prévio escrutínio de seus colegas.

E completei:

— Se for ele detentor de algum vício oculto ou se houver praticado qualquer ilícito administrativo ou criminal, gostaria de ser previamente comunicado do fato, para reavaliação de nossa amizade. Pelo que dele conheço, posso afiançar: se tivesse

1 Divino integra a Zona da Mata mineira, nas proximidades de Carangola.

que escolher um amigo, novamente o escolheria, como o escolhi no dealbar dos anos 1970, porque sua fidelidade e honorabilidade jamais foram tisnadas.

Naquela ocasião, ainda declarei aos meus colegas que: "**se tivesse que escolher um inimigo, a escolha também recairia sobre ele, por sabê-lo previsível, incapaz de apunhalar quem quer que seja pelas costas!**".

Destaco no redator Marino, ainda, as virtudes da concisão e da objetividade.

Poucos são os juízes com sua praticidade.

Inimigo dos circunlóquios, jamais deixou de decidir em linha reta, sem se perder nas sinuosidades das curvas decisórias, que levam do nada a lugar nenhum.

Prolegômenos à parte, vamos ao que interessa: o toque bem-humorado de suas "marinadas".

Em tempos de esquálidas vacas, frequentávamos o Clube Recreativo Forense, situado no Jardim Teresópolis, no município de Betim, a 23 km da Capital.

Nós, juízes, promotores, advogados, serventuários e delegados endividados, nos assentávamos em uma roda de cerveja, saboreando, como tira-gosto, um frango com farofa, embalado numa cesta de vime.

Éramos pobres, mas nem por isso infelizes.

A cerveja era suficiente para todos e para todas, já que uma velha escrivã, alcunhada Kim Novak[2], circulava nas diversas mesas com seu maiô preto, modelo 1927, tamanho GG, de duas peças, para todos exibindo suas varizes e estrias.

Em determinado domingo, após babujar diversos outros copos, a vetusta serventuária resolveu bebericar a cerveja do Marino, que, na presença da própria esposa, indagou da intrusa:

— Você já deu pra todo mundo. Por que ainda não deu pra mim?

Respondeu ela:

— Porque o senhor ainda não pediu, Dr. Marino!

Em seguida, vale relembrar que, há muitos anos, Marino contratou, pelo salário de R$ 400,00, uma empregada doméstica.

Vencida a primeira mensalidade, repassou-lhe o salário combinado, mas a serviçal protestou, exigindo-lhe 10% (ou R$ 40,00) a mais.

Como o patrão não entendesse a razão de tal acréscimo, respondeu a doméstica que o valor acrescido se referia ao dízimo, devido à sua igreja.

2 Belíssima atriz de Hollywood.

Evidentemente, a súplica não foi atendida, sob o seguinte argumento:

— O dízimo é dívida sua, que é crente. Como sou ateu (o que não era verdade), nada mais lhe devo, além dos R$ 400,00 combinados.

As marinadas não param por aqui...

Quando da promoção do magistrado Ayrton Maia ao Tribunal de Justiça, seus colegas nos cotizamos para oferecer-lhe um churrasco em "O Laçador" da Av. Prudente de Morais.

A fila era gigantesca.

Atrás do circunspecto e elegante Márcio Sollero, postavam-se o Marino, o Sálvio, este escriba e muitos outros colegas.

O saudoso Sálvio de Figueiredo Teixeira, futuro ministro do STJ, aproveitou-se de uma distração do Sollero, enfiando talheres e ossos de frango no bolso de seu paletó.

Furiosa, a vítima se voltou e esculhambou o primeiro que se lhe seguia na fila:

— A brincadeira de mau gosto só poderia partir de você, "seu" Marino, porque você é muito irreverente, polêmico, arestoso e desrespeitoso com todos os colegas!

Humildemente, Marino sofreu calado a injusta espinafração do colega mais graduado.

Tempos depois, na mesa amarela de café do TAMG, onde eu já era juiz, indaguei do Des. Sollero e de seu cachimbo a respeito da brincadeira dos ossos e talheres.

Sorridente, respondeu-me que já havia perdoado Marino por aquela irreverência, mas a surpresa foi toda sua quando lhe afirmei que o irreverente não fora o Marino, mas o Min. Sálvio.

(Abri esses parênteses para realçar outra das qualidades "marinescas": a incapacidade de "dedurar" colegas para salvar a própria reputação.)

Por derradeiro, relembro certo concurso de ingresso na magistratura, realizado nas dependências do Instituto de Educação.

Juízes da Capital, fomos escalados para a rigorosa fiscalização das provas.

Sempre que um dos candidatos pretendia ir ao banheiro, era acompanhado de um fiscal, para que o pretexto urinário não se prestasse à troca de cola.

Havia um rodízio de fiscais no acompanhamento dos alunos ao aludido sanitário.

Nenhum de nós se opôs à tarefa, exceto o Marino.

Quando chegou a sua vez de acompanhar o candidato, recusou-se veementemente a fazê-lo, ressaltando que, se dependesse dele, o usuário do mictório poderia colar à vontade.

Estranhamos o motivo da recusa, já que nenhum dos outros fiscais se abstivera da tarefa, mas todos compreendemos a má vontade do colega quando ele nos apontou para o candidato na fila de espera: físico baixinho, membros superiores deficientes e reduzidos, por se tratar de uma vítima da Talidomida.

Como arremate de sua recusa, Marino esclareceu:

— Como o candidato é deficiente, faltando-lhe grande parte dos braços e quase todos os dedos das mãos, se eu o levasse para fazer xixi, teria, forçosamente, de abrir-lhe a braguilha, segurar no seu "negócio", colocá-lo em posição de verter o líquido e, finalmente, retorná-lo ao interior da cueca, com o posterior fechamento do zíper.

Continuou Marino:

— Por tudo isso, prefiro que ele se vire sozinho e mando às favas a obrigação de fiscalizá-lo.[3]

3 Em respeito à verdade, esclareço que, apesar de zombeteiro, Marino não era preconceituoso. Esclareço, ainda, que a deficiência não impediu o candidato de ser, brilhante e honestamente, aprovado no concurso, tornando-se um maiúsculo magistrado.

11

A hemorroida que virou ex-morroida

Nordestino, sistemático, sobrecenho carregado, aquele operoso e culto magistrado cultivava um permanente mau humor, de ignota procedência.

Quase nunca sorria, mas, certa tarde, chegou sorrindo na sala de café (mesa amarela) do TJMG, anunciando que, finalmente, criara coragem e extirpara, por conta própria, sem anestésico ou acompanhamento médico, o gigantesco mal que o afligia: uma hemorroida sanguinolenta, de que ele próprio fizera a ablação.

Contou-nos, ainda, o extirpador, que sua dor se tornara insuportável, razão pela qual muniu-se de uma lâmina de barbear Wilkinson ("as intermináveis"), arriou as próprias calças, focou seu alvo no espelho do guarda-roupa, com o auxílio de um retrovisor, e, sem qualquer vacilo, cortou bem rente a bola vermelha que lhe causava exacerbada dor.

Ato contínuo, procurou um cirurgião, que constatou a ausência de hemorragia e o perfeito corte improvisado do colega, louvando-lhe a perícia cirúrgica.

O milagre daquele procedimento ocasionou milagre outro: o operado voltou a sorrir e recuperou o bom humor perdido.

12

Uma cortesã muito culta e o enriquecimento vocabular de suas "meninas" – aprendizes

Viajava, a serviço, pelos sertões das Gerais, um desembargador viúvo, acompanhado de mui prestativo oficial de justiça.

A viagem era por demais longa e cansativa, o que levou os viajantes a um colóquio menos cerimonioso.

Sentindo-se liberado para assuntos mais íntimos, o meirinho sugeriu ao solitário chefe que trocasse o óleo do seu "cárter" num requintado bordel das redondezas, onde as obreiras cultivavam o bom vernáculo, aconselhadas pela dona do pedaço, que estimulava suas subordinadas ao estudo regular ou, pelo menos, ao aprendizado de palavras raras e difíceis com os clientes que lhes parecessem mais letrados.

Estacionado o veículo oficioso, os companheiros de viagem adentraram no recinto com cheiro de defumador.

Duas profissionais abordaram os recém-chegados, conduzindo-os para a intimidade de seus respectivos quartos, onde a sessão não se fez longa.

Terminado o afogamento do ganso, os viajores ganharam a estrada.

Suas parceiras retornaram à sala de visitas para a captação de novos clientes.

Enquanto esperavam a próxima jornada de trabalho, conversavam a respeito da dupla que acabara de sair do sacrossanto local.

Falou primeiro a acompanhante do motorista – oficial de justiça:

— Meu parceiro foi muito rápido. Não disse palavra, tudo foi na base do *vapt-vupt*, com o rápido depósito do preço combinado em cima do criado-mudo.

Por seu turno, a outra profissional estava alegre e satisfeita pela polpuda remuneração e pelo enriquecimento de seu vocabulário, já que seu parceiro era um homem culto e de extenso léxico.

Sua narrativa prosseguiu:

— Aprendi com o velhote uma palavra nova, por mim desconhecida, um tal de "**pênis**".

Admirada, perguntou-lhe a do motorista:

— O que vem a ser isso?

Satisfeita com o aprendizado de um novo vocábulo, respondeu-lhe a outra:

— O mesmo significado de pinto, porém mole.

13

Um celibatário contumaz e seu conúbio com uma boneca inflável japonesa

Solteirão e sessentão, meu saudoso amigo fugia do compromisso matrimonial pelo temor de ser chifrado.

Numa viagem a Amsterdã, foi apresentado à maravilha das maravilhas: uma boneca inflável japonesa.

Adquiriu-a de pronto, levando-a para a suíte de casal no cinco estrelas em que se hospedara.

A experiência conjugal emborrachada foi coroada de êxito.

A boneca cumpria fielmente o débito conjugal e até batia boca com seu parceiro, como se fora uma esposa de verdade.

Finda a temporada de férias, o felicíssimo amante abriu a válvula de sua namorada, retirou-lhe o ar, dobrou-a no interior da mala e retornou ao Brasil, onde repôs o ar esvaziado.

Com o auxílio de uma bomba, recolocou a parceira no leito conjugal e deu prosseguimento, por dois anos, à sua deliciosa parceria.

Tudo seguia às mil maravilhas, sem qualquer desconfiança de adultério.

Pelo excesso de uso e intimidade, o brinquedo erótico apresentou um defeito na válvula, esvaziou-se e foi levado ao cirurgião-borracheiro mais próximo, um guapo rapaz, de porte atlético e corpo sarado.

A restauração da válvula danificada demorava por demais.

Enciumado e desconfiado, o amante foi em busca de sua amada no hospital-borracharia em que a internara para o procedimento de emergência.

A boneca e seu restaurador desapareceram do local.

A borracharia, de portas fechadas, encerrara suas atividades.

Tempos depois, o companheiro traído veio a saber que sua consorte se apaixonara pelo borracheiro e com ele fugira para local incerto e não sabido.

Moral da história: **quem nasceu para corno, não se livra desse destino, ainda que acasalado com uma boneca japonesa!**

14

A elegância de uma galinha d'Angola

Certo colega, campeão de natação e de gafes, era um juiz produtivo, que se julgava o mais elegante e culto de todos.

Saiu da roça, mas a roça não saiu dele.

Falava pelos cotovelos e por outras partes do corpo, não necessariamente pela boca.

Num luxuoso casamento, comemorado no salão de festas da AMAGIS, abordou ele a elegante esposa de um colega, elogiando-lhe o vestido poá cinza-escuro:

— A senhora está por demais elegante com essa roupa. Parece uma galinha-d'Angola!

Respondeu-lhe a educada senhora:

— Agradeço-lhe o elogio, em nada ofensivo, principalmente pelo acréscimo final da palavra **Angola**. Ofendida ficaria eu se o senhor me comparasse a uma galinácea, sem especificar-lhe o país de origem!

15

Traíra no "Restaurante Cascudão" e cascudo no "Rei da Traíra" – coisas que só acontecem com o Delmival

Na inauguração do novo prédio do fórum de Muriaé, de que sou cidadão honorário e onde fui juiz, viajei para aquela comarca, situada na divisa de Minas Gerais com o município de Itaperuna, em terras fluminenses.

Madrugamos, no propósito de esticarmos a viagem além da fronteira estadual, para que pudéssemos saborear um delicioso cascudo no homônimo restaurante "Cascudão", que não servia outras variedades culinárias, já que a pesca era fresquinha, retirada do vizinho rio Muriaé.

Na hora do almoço, constrangido e desapontado, o garçom lamentou informar aos comensais que o estoque de cascudo se esgotara, razão pela qual nos contentamos em saborear um suculento prato de traíra desossada (sem espinha), de tempero tão esmerado quanto o indisponível cascudo.

De volta a Muriaé, enquanto aguardávamos a solenidade de inauguração, o Des. Delmival de Almeida Campos estapeava sua protuberante barriga, gabando-se de haver comido, no almoço, o melhor dos pratos de cascudo!

Perplexo, perguntei ao simpático, solidário e prestativo colega:

— Se eu próprio não encontrei cascudo, no único restaurante especializado naquele prato, onde você o encontrou?

Respondeu-me o interlocutor:

— **No centro de Muriaé, bem pertinho do fórum, no "Restaurante Rei da Traíra"!**

16

Mestre Z, sua receita de hidratação, sua ruminância bovina e seu estranho sumiço

Como todo sábio, Mestre Z é modesto, não dá entrevistas, não aparece na TV Justiça, mas ninguém se lhe equipara na sensatez de bem julgar.

Nas turbulentas sessões da antiga Corte Superior, por mim cognominada "Câmara Ardente" ou "Mortuária", era dele a chave que nos permitia descobrir o ponto fulcral, o busílis e a pedra angular de todas as questões.

Em processos muito densos e volumosos, dificílimo era encontrar, nas centenas de milhares de folhas, a prova ensejadora do desate do nó de uma intrincada questão.

Somente aquele colega, mais conhecido como Juiz Ruminante, conseguia descobrir o que aos outros parecia impossível, sem o adminículo de variegada doutrina e da indiscrepante, remansosa e (quase) uniforme jurisprudência dos tribunais superiores.

Na vida mundana, no entanto, o sábio jurista se metamorfoseava no cidadão comum, que me ensinou a infalível técnica da gelosa e farta hidratação, para amenizar os eflúvios etílicos do uísque.

Ocorre que "em casa de ferreiro, espeto de pau".

Nosso amigo não aplicou, em causa própria, a exagerada hidratação que recomendava aos demais usuários do destilado escocês, razão pela qual sofreu uma pane, um branco na memória, o que o levou a sair sozinho da garagem do salão de festas da AMAGIS, esquecendo-se de conduzir a amada esposa.

No final da festa, a mulher abandonada procurou, desesperada, pelo marido fujão, somente se aquietando, quando, de táxi, retornou ao prédio residencial, em cuja garagem repousava, no interior do carro, o sonolento e roncador marido.

Desnecessário dizer que o automóvel fora suficientemente treinado para encontrar o caminho de retorno ao lar e fazer a manobra de ré que o aboletou na garagem certa, sem qualquer esbarrão nas pilastras!

Os homens sábios também costumam ser bons motoristas!

17

O sanitário de duas portas e a receita miraculosa de São Pedro Quintino

Promovido de Contagem para Belo Horizonte, o colega Pedro Quintino do Prado foi escalado para trabalhar na recém-instalada 5ª Vara de Família, cujas instalações eram amplas, confortáveis e aclaradas por um blindex, através do qual se visualizava a Igreja de São Sebastião, no bairro do Barro Preto.

Somente a instalação sanitária incomodou o recatado colega, ao descobrir que duas portas adentravam no local: uma delas através do gabinete do juiz; e a outra, conducente ao cartório, cuja corpulenta escrivã, distraidamente, sem qualquer resquício de maldade, costumava entrar no recinto já ocupado pelo magistrado, que, constrangido, preferiu desalojar suas toxinas noutras paragens.

Na mesa de café, buscou o colega, com os demais confrades, uma solução para o impasse, problema facilmente resolvido com a adoção de duas fechaduras internas para o recinto sanitário.

Em outro episódio, o alegre e novidadeiro magistrado anunciou-me a boa nova:

— Amigo Roney, um laboratório alemão acaba de descobrir um remedinho azul muito mais poderoso que o tradicionalmente utilizado para a "ressurreição do morto". Trata-se do novíssimo "Viagra Plus", ainda não fabricado em laboratórios pátrios.

Curiosos, os circunstantes perguntaram ao companheiro se o novo medicamento, acrescido do latino *plus* (mais), seria muito mais eficaz do que o tradicional invento dilatador.

Respondeu-nos ele:

— O prenome do remédio é o mesmo do outro azulzinho, mas a finalidade é completamente diferente. Segundo as instruções da bula, Viagra Plus é destinado à memória, para que seu usuário se recorde do motivo pelo qual usou a versão simples do medicamento!

18

São horas de chegar?

Nos primórdios do Cine Palladium, ainda não incorporado pelo SESC, assisti a uma comédia americana, por demais engraçada e em tudo por tudo assemelhada à vida boêmia de um noctívago colega que, no retorno ao lar, justificava seus atrasos à esposa com uma esfarrapada desculpa de inexistentes serões e horas extras na repartição forense.

Sua vida era por ele deslocada, na calada da noite, para os cabarés em voga na cidade.

Acontece que, anestesiado pelos inebriantes prazeres da noite, perdeu o adúltero a hora de retornar ao lar, em que aportou às seis da matina, pé ante pé, para não perturbar o sono da santificada e crédula esposa.

Sentado na cama, nosso personagem começou a desatar o nó da gravata e os laços dos cadarços dos sapatos, após afrouxar o colarinho branco, avermelhado pelo batom desprendido dos lábios das hetairas que o acompanharam no pecaminoso serão.

A esposa acordou assustada e indagou do marido retardatário:

— Isso são horas de chegar?

Cinicamente despreocupado, o cônjuge-varão amarrou rapidamente os calçados, reapertou o colarinho, o nó da gravata, o cinturão e, com incrível presença de espírito, afastou toda e qualquer suspeita da bem-amada:

— Acontece que não estou chegando da rua, querida, mas saindo para o trabalho. Quando voltei da repartição, seu sono era tão profundo que minha chegada sequer foi percebida!

19

O de sempre, doutor?

O imortal Stanislaw Ponte Preta, pseudônimo do cronista Sérgio Porto, relata, numa das crônicas de seu antológico "FEBEAPÁ"[1], o azar de um marido mentiroso, que somente voltava do trabalho altas horas, justificando o atraso com as intermináveis e eternas reuniões extras, supostamente convocadas para nada resolver nas repartições públicas.

Ao completar Bodas de Prata, o graduado funcionário e vulpino marido - cuja história se repetiu com um colega nosso - surpreendeu a esposa:

— Hoje é um dia muito especial, a celebração de 25 anos de nossa feliz vida conjugal. Comemoremos a data no restaurante mais premiado da cidade.

Matreira e dissimuladamente, a esposa preferiu comemorar a data em local mais próximo, o restaurante situado no percurso entre a repartição pública do marido e sua residência.

O espertalhão tentou dissuadi-la da ideia, mas a insistência da esposa foi tamanha que ele acabou aquiescendo.

Constrangido, estacionou seu carrão na porta do suntuoso restaurante, em que foi recebido com toda pompa e circunstância.

Chamaram-no de "doutor" e pelo nome de batismo, como é costumeiro fazer com os clientes fidelizados e muito conhecidos nos ambientes requintados.

De pronto, o manobrista abriu a porta do automóvel e o conduziu até um local privilegiado do estacionamento VIP.

A mulher começou a desconfiar do excesso de cortesia e intimidade, mas permaneceu calada enquanto possível.

Na entrada, foi a vez de o *maître* perguntar:

1 FEBEAPÁ ou *Festival de Besteiras que Assola o País* é um livro de Stanislaw Ponte Preta, publicado entre 1966 e 1968.

— Mesma mesa, no lugar de costume?

Uma vez aboletados os consortes em suas cadeiras, foi-lhes oferecido um cardápio, com a indefectível pergunta:

— O de sempre, doutor?

Nesse momento, a esposa, até então contida em sua ira de mulher desconfiada dos mentirosos serões, explodiu-se, aos prantos, e esbofeteou o malandro.

Os sopapos sofridos pelo cliente provocaram a pronta intervenção do segurança, que dominou a mulher após indagar do marido:

— Se o doutor mandar, a gente expulsa a piranha do local, assim como fizemos daquela última vez!

Desnecessário dizer que o divórcio subsequente impediu que, 25 anos após a triste ocorrência, viesse o mencionado casal completar, no mesmo ou em outro restaurante, 50 anos de (in)feliz vida conjugal!

Caderno II

Colônia de Férias de Nova Viçosa/BA: primeira saída da Amagis para o mar

1

Justiça seja feita

Em homenagem à memória dos desembargadores
Lincoln Rocha e Régulo da Cunha Peixoto

Antes de relatar os episódios hilários por nós vivenciados em Nova Viçosa[1], sul da Bahia, convém destacar que o paradisíaco local foi descoberto pelo Des. Régulo da Cunha Peixoto, natural do Vale do Mucuri, e por ele indicado ao então presidente da AMAGIS, Des. Lincoln Rocha.

Empreendedor visionário, Lincoln negociou a compra de um gigantesco terreno urbano para a edificação de nossa primeira colônia de férias, em que as casas começaram a ser levantadas no início da década de 1980.

As primeiras quatro residências subiram para oito.

A elas se seguiram a piscina olímpica, campos para diversas práticas esportivas, restaurante, sauna, área de lazer e umas três dezenas de confortáveis apartamentos.

Os dez mil metros iniciais de doação de terreno agigantaram-se para vinte, trinta mil, tudo murado.

O pioneirismo da AMAGIS estimulou outras associações, como a de Goiás, a também construírem seus clubes de praia no local, que se povoou com dezenas de casas e mansões de veraneio.

No início do desbravamento, em que Lincoln Rocha contou com a indispensável ajuda técnica do engenheiro João Batista Aguiar, seu genro, muitas foram as críticas e incompreensões dos incapazes de fazer algo diferente e ousado, pelo temor do fracasso.

---

1 Cidade que fica 900 km ao sul da capital, Salvador.

Muito se fez, a partir de um terreno menor, por Lincoln multiplicado, graças ao interesse da prefeitura local na doação de terrenos, para os que se dispusessem a levantar construções no espaço cedido.

Nova Viçosa era um simples vilarejo, situado na grande Mucuri.

As estradas eram intransitáveis.

Grande parte do material de construção foi levada de Belo Horizonte para a construção da colônia nascente. O restante foi adquirido em Teixeira de Freitas-BA, a 151 km de distância.

Régulo construiu um casebre à beira-mar, cujo único atrativo era um rústico curralzinho de madeira, a que se subia por uma íngreme escada até a parte superior do madeirame, por ele denominado **Mirante**.

Nossa primeira excursão, em ônibus fretado, conduziu doze famílias de magistrados, três em cada uma das quatro casas que serviram de embrião para as supervenientes construções.

Na casa em que me aboletei com a família, convivi de perto com a guerra conjugal de um dos colegas, mas a esposa do outro tinha mania de limpeza e a casa era um verdadeiro brinco, exceto na hora de limpar a privada e recolher os papéis higiênicos usados, tarefa que ela repassava para este escriba, que a executava a contragosto.

A colônia foi crescendo e era o nosso destino turístico predileto, por ser o mais barato, já que os ônibus eram contratados a preço de banana e permaneciam à nossa disposição durante a temporada de dez dias.

O ponto de partida era sempre o portão da garagem do Fórum Lafayette, no Barro Preto, ou a calçada do Parque Esportivo da AMAGIS, na rua Albita.

Era por demais trabalhoso organizar as excursões, de que todos os magistrados excursionistas se julgavam chefes, escolhendo cada um o horário que mais lhe conviesse para a saída de BH e o retorno da Bahia.

Desisti de colaborar com tais viagens quando nos reunimos, na porta da garagem, para o embarque, nos dois coletivos, de todos os passageiros pagantes.

A partida das 18 horas foi retardada porque uma das famílias saíra de casa, mas não chegara ao local combinado.

Pensamos até na possibilidade de algum acidente urbano de percurso, porque os retardatários não apareciam, não justificavam o atraso, tampouco desistiram da excursão.

Surpresos, verificamos que os folgazões estavam muito próximos de onde estávamos.

Bebericavam num botequim situado na confluência das ruas Ouro Preto e Guajajaras.

Do ponto mais elevado em que se encontravam, observavam os passageiros pontuais, para se juntarem ao grupo somente na arrancada do ônibus.

O desagradável incidente provocou atraso superior a uma hora na partida e me levou a desistir de futuras excursões.

Durante o longo percurso noturno, de quase oitocentos quilômetros, a velha guarda consumia todas as latinhas de cerveja que entupiam os isopores, cujo estoque era renovado, nas paradas do ônibus, com a reserva técnica que, invariavelmente, era transportada nos bagageiros.

Na viagem de ida, somente os veteranos faziam algazarra, porque a meninada ainda não se conhecia e estava desentrosada.

Na volta, acontecia o contrário: os velhos desacordavam, porque esgotados de tanto bebericar, ao passo que os jovens, já enturmados, atazanavam a paciência dos dorminhocos, impedindo-lhes o sono.

Esta introdução se presta, tão somente, a registrar nossa **gratidão** às **pioneiras** lideranças de classe, que fizeram da AMAGIS **a maior das associações de magistrados do Brasil**, edificando-lhe uma portentosa sede administrativa urbana e colônias de férias outras, que se seguiram à de Nova Viçosa: Cabo Frio, Caxambu, Ubatuba e Caldas Novas.

2

O senhor é um vampiro?

Saudoso colega, de tabagístico e prematuro óbito, conseguia ser menos belo que Erundina e Marina Silva juntas – o que lhe oferecia uma só e única vantagem: a ausência de ciúmes da esposa, que disso não carecia, pela falta de concorrência.

Sua fealdade, competidora de sua simpatia, era tão grande, mas tão grande, que levava o meritíssimo a esconder, na praia, as raquíticas pernas e a embutida barriga, despovoada de pelos.

Para ele, o calção era uma peça ausente e desnecessária do vestuário praiano.

Seu "banho" de mar consistia, apenas, no pisar na areia e no deixar o dedão do pé se respingar no vai e vem da maré.

Certa manhã, encontrava-se o descendente de Frankenstein, com seu inseparável cigarro, na parte mais elevada da areia.

A quem estivesse no plano inferior da praia, era possível horrorizar-se com seus acentuados dentes caninos e seu vassourão nasal.

Na inocência de seus 3 anos, o menino Pedrinho, neto do Des. Oliveira Leite e de D. Lucinda, construía castelos de areia, utilizando-se de um pequeno balde plástico.

De repente, não mais que de repente, nosso pequeno escultor olhou para o alto, apavorou-se com a terrificante visão e indagou do superposto colega:

— **O senhor é um vampiro?**

Era.

Nosso personagem pouco ou nunca retornou a Nova Viçosa.

Dizem as más línguas que ele se mudou para o sul de Minas, onde assumiu a nova identidade de "ET de Varginha".

3

Escalando o mirante com descontrole intestinal

Nos primórdios da Colônia de Nova Viçosa, o Des. Régulo da Cunha Peixoto, de "**cabelos mais negros que a asa da graúna**"[1], serviu-nos um traçado de vermute Cortezano, entremeado com o destilado Grant's, haurido de um descomunal garrafão.

Em seguida, convidou-nos a apreciar a paisagem marinha do alto do seu particular mirante.

Antecedido por meia dúzia de colegas, o anfitrião era o último da fila.

No penúltimo lugar, encontrava-se Pietro Quentin de Praga, que na véspera se excedera na ingestão de minúsculos camarões, toscamente ressecados ao sol, numa escaldante pedra, em que o pescador salgara o crustáceo em estado natural.

As consequências não se fizeram esperar.

Operou-se, nas estranhas do imprudente glutão, verdadeira revolução intestina, que se exteriorizava em sonoros e malcheirosos *flatus*.

O caríssimo colega perdeu o controle da situação e "aliviou o intestino com estampido", como diria Eça de Queirós no conto *O mandarim*.

Apavorado com a inusitada liberação de miasmas a curta distância, Régulo desistiu da visitação, retornou à sua modesta residência e convidou os demais a fazerem o mesmo:

— **Pensando bem, é melhor não escalar o mirante**!

A partir do infausto acontecimento, lesivo ao olfato e à audição alheios, o putrefeito colega passou a ser conhecido, pelos irreverentes gozadores da turma, como: P*IDO QUENTINHO DE PRAGA.

1 Expressão extraída do romance *Iracema*, da fase indigenista do escritor José de Alencar.

4

O triste naufrágio de uma meritíssima dentadura

Do trampolim situado no mirante de sua residência, o Des. Régulo, exímio nadador, de atlético porte, mergulhou nas águas do mar, escurecidas pelo despejo das águas do rio Mucuri.

Ao emergir, sua voz estava um tanto enrolada, as mãos tapavam-lhe a boca e seu lamento não se fez esperar:

— **Ao mergulhar, perdi minha dentadura!**

Oito colegas, integrantes do cordão dos puxa-sacos, mergulharam nas profundezas marítimas, donde emergiu Salatiel, ostentando valioso troféu:

— Excelência, encontrei a dentadura perdida!

O saudoso desembargador, mal disfarçando a alegria, recebeu o achado e o introduziu na boca.

Seu contentamento durou muito pouco:

— Acontece que a dentadura encontrada não é a minha, não serve em minha boca!

Ato contínuo, o desdentado fretou um táxi, que o conduziu por 151 km até o aeroporto de Teixeira de Freitas, onde contratou transporte aéreo até seu dentista belorizontino.

Nunca se viu, em tempo algum, tamanha incoincidência: o achado não correspondia ao que fora perdido.

Decepcionado, Salatiel desistiu da profissão de mergulhador.

5

Um flatulento reincidente

Numa roda de prosa, certo colega, com seu bigodinho pornô, do tempo do cinema mudo, contava as aventuras vivenciadas com a pacienciosa esposa.

Na véspera de uma longa viagem, o excelentíssimo e cafoníssimo magistrado, conforme o seu próprio relato em Nova Viçosa, excedera-se na comilança de batata-doce, ovo cozido, cebola, feijão preto e quejandos.

O frio era intenso.

A capota de lona do velho Jeep estava completamente fechada.

O resultado de tamanho exagero gastronômico explodiu em estado gasoso, na parada de Realeza, onde a pobre esposa, em desespero, quis saltar do veículo, mas foi impedida de fazê-lo por seu sádico marido, que continuou a alugar nossos ouvidos com sua exaustiva e malcheirosa descrição gastrointestinal, por demais alongada.

Cansado do desagradável discurso, fui baixar noutro centro, donde retornei quarenta minutos depois.

Surpreendi-me ao perceber que o colega continuava a dissertar acerca do mesmo tema.

Perguntei-lhe na bucha:

— Quando saí do seu grupo, você estava falando dos malcheirosos gases expelidos em Realeza. Retorno à sua presença e você continua falando do mesmo assunto?

Respondeu-me ele:

— O assunto pode ser o mesmo, mas agora falo de uma outra explosão, inocorrente em Realeza, mas noutra viagem, entre Central de Minas e Mantena!

6

Uma troca de lâmpadas colegiada, perpetrada por um cordão de puxa-sacos

Nos primórdios da colônia de Nova Viçosa, o Des. Rubens Machado de Lacerda hospedou-se num dos chalés, e com a timidez e a humildade que lhe eram características, apontou para uma lâmpada queimada no teto da varanda.

Bastou esse gesto para que três ou quatro colegas, dentre os quais o compadre Zé Altivo, se movimentassem para comprar uma nova lâmpada e ajustá-la na boquilha.

Em fração de segundos, um dos presentes foi ao comércio e voltou com a esperada luminária.

Um outro colega apareceu com a escada, que um terceiro girou em redor do bocal, para que a nova lâmpada ali se enroscasse.

Jamais presenciei um gesto tão colegiado de puxa-saquismo explícito.

O desembargador agradeceu, sensibilizado, o ato de caridade cristã.

7

A "Cabana do Pau Fincado", que virou "do Fogo Eterno"

O melhor omelete de camarão era feito na Cabana do Pau Fincado, frequentadíssima pelos turistas de nossa caravana.

O dono do pedaço bebia mais do que cozinhava, mas ainda assim entregava, em tempo hábil, a guloseima encomendada.

A clientela começou a beber tanto quanto o "barman".

O fogaréu se alastrou.

Todos bebiam, ficavam prostrados, razão pela qual a Cabana deixou de chamar-se "Pau Fincado" e foi rebatizada de "Fogo Eterno".

O saudoso colega Humberto consumiu toda a cerveja que seu acanhado físico lhe permitia engolir.

Tropeçou e caiu num aparente desmaio.

Emerson e Júlio Lucena improvisaram uma cadeirinha com seus braços e assim rebocaram o colega pelos dois quilômetros de areia que separavam o botequim da sede da colônia.

Na chegada, o falso bêbado pulou dos braços de seus caronistas e saiu correndo pela areia, após agradecer a gentileza da carona.

Caderno III

Nós, os juízes, e nossas idiossincrasias

1

Quero morrer seu amigo

Em minha passagem pela 2ª Câmara Criminal do TJMG, tive a honra de trabalhar ao lado do Des. Salatiel de Rezende Fernandes Neto, que me comunicou haver recebido a mesma medalha Santos Dumont, que eu recebera no ano anterior.

Sem desmerecer a homenagem, gracejei que as medalhas e condecorações apresentam uma única serventia: ornamentar o nosso caixão.

Desapontado, Salatiel me disse:

— Quero morrer seu amigo!

Mal sabia eu que o saudoso colega já se encontrava desenganado pelos médicos, em decorrência de gravíssima enfermidade, que o levaria a óbito quinze dias após nossa conversa.

Dominado pelo remorso, fiz-lhe a última visita no salão nobre do TJMG, onde era velado seu corpo, vestido de toga.

Aproximei-me para verificar se alguma medalha, principalmente a última condecoração, adornava-lhe o vestuário.

Nenhuma medalha vislumbrei.

Décadas após o ocorrido, desculpei-me com a viúva[1] pela inconveniência e crueldade daquele antigo e funéreo comentário.

Perdão pedido.

Perdão concedido.

---

1 Dra. Marlene de Almeida Fernandes.

2

O tira-dentes que somente entendia de buracos dentais

Relatou-me o Des. Márcio Aristeu que, em certa comarca do Vale do Rio Doce, um grupo de bancários morava em uma mesma república, para onde conduziu ingênua mocinha, vítima de impiedosa curra.

A infeliz era pobre, humilde, desprestigiada.

Seus algozes representavam a nata da sociedade local.

Instaurou-se "rigoroso inquérito", em que a prova ficou dividida: a seduzida acusava seus sedutores, que negavam, de pés juntos, a prática de qualquer malfeito.

O juiz tinha fama de venal e torcia, descaradamente, pelos rapazes envolvidos no sexo grupal.

Fora da cena do crime, um dentista prático a tudo assistiu, da janela de seu gabinete.

Seu depoimento foi minucioso, principalmente ao descrever a penetração das genitálias masculinas na intimidade vagínica da moçoila.

Quanto mais a testemunha carregava as tintas contra os denunciados, mais se irritava o tendencioso magistrado, que, a certa altura, cassou a palavra do depoente, esmurrou a mesa e, aos berros, assim se expressou:

— Seu testemunho não merece credibilidade, por uma razão muito simples: **dentista somente entende de buraco de dente. Daquele outro buraco nada**, por isso, invalido seu testemunho.

O batalhão de bancários foi, naturalmente, absolvido.

O juiz, por sua vez, foi afastado de suas funções e teve os direitos políticos cassados, tanto pelo episódio do buraco do dente quanto por outras derrapadas éticas por ele cometidas em sua judicatura.

3

Super-Paulo Márcio, um juiz limpa-trilhos

Meu colega de faculdade era uma máquina para trabalhar, um verdadeiro trator na escalada das montanhas processuais.

Enquanto juiz da comarca de Nova Era, realizou gigantesca audiência, em que mais de quinhentas testemunhas foram ouvidas num estádio de futebol.

Num momento doloroso da minha vida, em julho de 1982, respondia eu pelo plantão de todas as varas da Fazenda Pública, enquanto meu pai agonizava, em artigo de morte, em nossa terra natal[1].

Certa feita, em 13 de julho daquele ano, ausentei-me de uma audiência, desnecessariamente marcada para as férias forenses, porque o assunto não reclamava urgência.

Irritado com a ausência do juiz e com o adiamento da instrução, certo advogado convocou uma rede de televisão para filmar a cadeira vazia do magistrado, com o cruel comentário de que: "A audiência fora uma vez mais adiada pela ausência do juiz".

Minha falta era mais do que justificada, não podia deixar meu pai sozinho no momento de sua definitiva partida.

Procurei o então presidente do Tribunal, expus-lhe a situação e lhe pedi dispensa do plantão, com a consequente designação de um juiz substituto.

A presidência entendeu o meu drama, pedindo-me que arranjasse outro magistrado para substituir-me, porque não havia nenhum outro disponível.

Não fui muito longe para encontrar quem assumisse meu lugar.

Paulo Márcio se prontificou a fazê-lo, passando a acumular as muitas varas criminais, pelas quais respondia, com as outras tantas da área fazendária, donde me afastei.

---

1 Lajinha/MG.

O relato desse gesto de solidariedade representa toda a minha gratidão ao colega que me proporcionou tranquilidade para acompanhar meu pai em seu desfecho mortuário, ocorrido em 20 de julho de 1982.

Relatemos, agora, dois hilários episódios em que o saudoso magistrado exibe bom humor, mordacidade e irreverência.

Audiência na 8ª Vara Criminal.

Réu citado por edital, por se encontrar em local incerto e não sabido.

Instalados os trabalhos e constatada a ausência do citando, o juiz decretou-lhe a revelia e convocou um dos estagiários presentes para se assentar no banco vazio:

— **Você está nomeado réu *ad hoc!***

O ingênuo estagiário acreditou em tal nomeação e ocupou o espaço que lhe foi indicado!

Por derradeiro, outro episódio absolutamente veraz.

Escondido pelo anonimato, alguém dirigiu reclamação administrativa ao Corregedor-Geral de Justiça.

No apócrifo documento, eram apontadas supostas falhas funcionais de nosso meritíssimo personagem.

O ofício, acompanhado do papelucho, foi encaminhado a Paulo Márcio, a quem se concedeu prazo de defesa contra a acusação anônima.

Nosso personagem colocou na máquina de escrever uma folha de papel almaço, em que redigiu, com incrível rapidez, sua resposta.

Em seguida, dirigiu-se à Corregedoria, entregou-a em mãos da autoridade, esclarecendo:

— O mesmo denunciante anônimo redigiu outra peça, também desistindo, anonimamente, da acusação que me fez!

Para uma denúncia sem identificação de autoria, nada melhor do que uma desistência igualmente sem assinatura.

Desnecessário dizer que o episódio morreu no mesmo momento da entrega da defesa.

4

Dom Luciano Mendes de Almeida, arcebispo de Mariana, e sua finíssima verve humorística

Em junho de 2005, quando este escriba ocupava a Corregedoria-Geral de Justiça, Belo Horizonte teve o privilégio de sediar um ENCOGE[1].

Para sua abertura, não escolhemos nenhum jurista, mas um prestigiado e culto líder religioso.

De improviso, nosso conferencista a todos encantou com sua explanação sobre o tema "Justiça e Fé".

No final dos trabalhos, conduzi-o até a portaria do Hotel Ouro Minas.

Entregou-lhe o cerimonial a mesma cesta de produtos da roça com que foram brindados os demais participantes do simpósio.

Além de café torrado, goiabada, queijos e outras guloseimas, a cesta, doada pelo ex-governador Newton Cardoso, contemplava os donatários com uma botelha de porcelana que aboletava a famosa e cobiçada cachaça Rio Rancho.

Fiquei sem jeito de presentear o religioso com a "marvada", sugerindo-lhe que a doasse a algum padre aposentado ou para qualquer fiel de sua igreja.

Sorridente, o religioso não se fez de rogado:

— Levarei, eu próprio, a bebida para minha casa, por uma razão muito simples: não foi ela feita para nenhum bebê(r). Foi feita para adulto!

---

1 Encontro Nacional de Corregedores-Gerais.

5

Tormentos na serra homônima

Estivemos, certa feita, numa cerimônia oficial na comarca de Carmo do Rio Claro, em Minas Gerais, onde fomos recepcionados pelo magistrado Joélcio Antônio Pereira.

A Serra das Tormentas é a maior atração turística do local, circundado pela represa de Furnas.

Todos temiam a escalada daquela íngreme montanha, mas Antônio Marcos Alvim Soares e este escriba resolveram escalá-la, a bordo de um fusca branco, conduzido por um piloto de provas.

O veículo pertencia a uma professora, irmã do anfitrião, e fora adaptado para se ajustar à sua deficiência, mutiladora de seus membros superiores.

Na subida do morro, vislumbrei, pelo retrovisor, o semblante assustado de meu companheiro de viagem.

Perguntei-lhe se estava preocupado com a subida sem muro de proteção.

Respondeu-me o colega:

— A subida não me preocupa, mas já estou preocupadíssimo com a descida!

Detivemo-nos numa igrejinha rústica, penúltimo ponto da escalada, já que ninguém ousava subir até o ponto culminante, onde se achava a torre de televisão.

Somente a porta lateral da capela encontrava-se aberta.

Meu colega dirigiu-se até o altar, mas não se ajoelhou, preferindo folhear um caderno destinado ao registro dos nomes de turistas.

Perguntei ao mencionado confrade se estava assinando o aludido livro.

Ele me respondeu:

— Na verdade, não me preocupo com o livro, mas com certos bilhetes da Loto, guardados em seu interior. Anotei, cuidadosamente, os palpites. Se a gente conseguir voltar, com vida, ao centro da cidade, aproveitarei os palpites para lançar os números anotados num cartão na primeira lotérica que encontrar.

O motorista considerou encerrada a aventura de subir à Serra das Tormentas, de cujo ponto culminante era possível avistar toda a extensão de Furnas e meia dúzia de cidades que circundam aquela represa.

Insisti:

— Acontece que eu gostaria de subir um pouco mais, até a torre de televisão.

O motorista, a contragosto, somente se encorajou para o restante da escalada depois que uma camionete Chevy, em desabalada marcha, subiu até o pouco cobiçado e raramente escalado cume.

Chegou a hora da terrificante descida, numa estradinha de pedra, cheia de curvas, em que qualquer vacilo poderia precipitar o carro nas profundezas do lago.

Como se isso não bastasse, o automóvel, até então engatado na marcha primeira, foi acionado para a segunda marcha, o que fez com que desabasse, como um bólido, serra abaixo.

Tomado pelo medo, limitei-me a fechar os olhos, com o rosto voltado para a parede de pedra do lado direito da montanha.

Retornamos ao ponto de partida sãos, salvos e arrependidos da loucura feita.

Ao pé da montanha, aglomerou-se uma multidão, curiosa por descobrir quais os doidos que haviam escalado a perigosa rocha até alcançar a inalcançável torre.

Éramos nós!

6

Tri-incidência específica: do ladrão e da vítima

Certo colega, pertencente à S.I.T., tinha ojeriza ao ato de julgar.

Indeciso e vacilante, sempre convertia os julgamentos em diligência no momento crucial de prolação da sentença.

Até os ladrões pé de chinelo percebiam a sua fragilidade em todo e qualquer ato da vida civil.

Residia ele no bairro Sion, onde foi assaltado pela vez primeira, sem oferecer qualquer resistência ao ladrão, já que, além de magro e fraco, era detentor de finíssima educação.

Poucos dias depois, novo assalto, sem qualquer trauma da vítima.

No terceiro assalto, sempre no mesmo local, o assaltado encarou o larápio e lhe disse:

— O senhor não me é estranho. Parece que já nos conhecemos doutro lugar!

Respondeu-lhe o amigo do alheio:

— É claro que já nos conhecemos antes. Sou o mesmo ladrão que o assaltou nas duas vezes anteriores!

7

Um botequim chamado "Psiquiatra"

Trabalhávamos para valer no Fórum Lafayette, mas, no final do expediente, o colega Emerson procurava os demais, convidando-nos para a costumeira e cotidiana cervejada.

Solícito, Boanerges, gerente da MinasCaixa, financiou a abertura de um botequim, de nome "Psiquiatra", situado num segundo andar da rua Paracatu.

Transferimos nossas *bebemorações* para o novo espaço, mais discreto e seguro.

Após a mudança, nossas sessões se prolongavam noite adentro, gerando preocupação nas esposas, cujos maridos retardavam o retorno ao lar.

Sem qualquer necessidade de mentir, apresentávamos a mesma desculpa para o atraso:

— Atrasei-me hoje porque fui ao Psiquiatra!

A farra terminou quando as virtuosas companheiras resolveram acompanhar-nos nas sessões etílico-terapêuticas.

Com a descoberta de nosso esconderijo, a farra perdeu a graça e o botequim perdeu a distinta clientela.

Faliu. Fechou as portas.

8

Por esporte, "meretríssimo"!

Salvino era filho de um próspero fazendeiro na comarca de Lajinha.

Nos remotos e ultrapassados tempos do crime de sedução, foi ele preso e processado, pela ruptura do selo de ingênua mocinha da zona rural.

No interrogatório, perguntou-lhe o juiz Humberto de Paiva se era noivo, namorado ou se merecia a justificável confiança da vítima.

Respondeu o jovem sedutor:

— Nada disso, "meretríssimo". Foi nosso primeiro encontro, sem grande esforço da minha parte, porque a moça não ofereceu qualquer resistência ao meu assédio. Cantei e entoei.

Insistiu o juiz:

— Se o senhor não é noivo, nem namorado, sequer conhecia a moça, por que, então, a seduziu?

Calçado de botas, pernas cruzadas, chapelão de vaqueiro na cabeça, camisa listrada dos mocinhos de faroeste, respondeu o interrogando:

— Fiz o que fiz por esporte, doutor. Somente por esporte!

Um doce esporte.

Doce e delicioso!

9

Cantídio e sua póstuma polêmica

Detentor de uma cultura jurídica invejável, meu ilustre conterrâneo[1] era mais conhecido por seu amor à polêmica, por qualquer motivo ou mesmo sem motivo algum.

Quinze dias antes de sua morte, participamos, em Camboriú[2], de um congresso promovido pela Associação dos Magistrados do Brasil (AMB).

Sua última fotografia se encontra registrada em nossa memória.

O grandioso coração do vocacionado juiz da Vara de Menores fulminou-o, para tristeza de todos aqueles que nos abeberávamos naquele poço de saber.

Seu corpo foi velado no saguão do também falecido TAMG, no bairro Santa Efigênia, Av. Francisco Sales nº 1446.

Sepultamento marcado para as 17 horas, no Cemitério Parque da Colina.

O inspetor José Gonçalves, nosso conterrâneo e fiel escudeiro do falecido, encarregou-se da burocracia final.

Retornou à câmara mortuária poucos minutos antes das 17 horas.

A urna funerária estava sendo lacrada, mas o emissário anunciou a impossibilidade do sepultamento, por falta de autorização do condômino do túmulo ou dos desconhecidos familiares seus.

Acrescentou que somente um alvará de autorização judicial ensejaria a retirada da antiga ossatura, mas seria impossível obtê-lo sem passar pela burocracia forense naquele final de expediente.

Sem tempo para mais nada, arrastei o magistrado Wagner de Abreu Mendes[3].

Rapidamente, subimos ao andar de meu gabinete, onde datilografamos o almejado alvará, que eu não podia assinar, por ser integrante de um colegiado.

---

1 Juiz do antigo TAMG e posteriormente desembargador, Cantídio Pereira Alvim.

2 Balneário do Estado de Santa Catarina.

3 Wagner de Abreu Mendes era auxiliar e amigo de Cantídio.

De igual maneira, meu cúmplice não poderia assiná-lo sem prévia distribuição.

Aos trancos e barrancos, na fase crepuscular do dia, a tumba foi aberta, os antigos ossos foram coletados e o novo habitante do pedaço foi ali depositado.

Como ocorrera no poema[4], o corpo do saudoso colega caiu no chão, mas su'alma subiu aos céus.

4 Poema *Ismália*, do parnasiano mineiro Alphonsus de Guimaraens.

10

Juízes e desembargadores – conceituação

Em sala de aula, certo professor de Direito, revoltado pela preterição numa lista de nomeação para uma vaga reservada à OAB, assim definiu nossa categoria profissional:

— **Todo juiz imagina que é um deus. O desembargador tem certeza que o é.**

O Des. Geraldo Augusto e o Des. Federal e Processualista J. E. Carreira Alvim, o primeiro oralmente e o segundo nas páginas do livro *Operação Hurricane*[1], manifestam-se de igual maneira sobre o tema: "**A ignorância caminha de mãos dadas com a arrogância. Todo arrogante é ignorante, e vice-versa**" (transcrição infiel).

Ao criticar o complexo de superioridade de alguns magistrados, sentenciou o Des. José Altivo Brandão Teixeira: "**Certos juízes comem pepino e arrotam caviar**".

Pergunto eu:

— Qual a diferença entre um juiz e um desembargador?

Respondo eu mesmo:

— **Todo juiz é um desembargador em potencial, ao passo que todo desembargador é um juiz impotente.**

Há controvérsias...

1 ALVIM, J. E. Carreira. *Operação Hurricane*: um juiz no olho do furacão. São Paulo: Geração Editorial, 2011.

11

Um juiz galanteador, suas revistas importadas e sua idosa Mercedes-Benz

Simpático, produtivo e bem-humorado, o saudoso colega era metido a galanteador.

Para facilitar suas abordagens amorosas, adquiriu, em módicas prestações, uma idosa Mercedes-Benz, que costumava estacionar na rua Espírito Santo, perto do Edifício Acaiaca, no lado direito da pista.

Por detrás da poltrona traseira do automóvel, espalhava diversas revistas importadas, do agrado do público feminino.

Postava-se do lado oposto da rua, de onde retornava ao automóvel ao avistar alguma mulher curiosa pelo conteúdo das revistas.

Nascia daí um produtivo e fecundo diálogo, que costumava prosseguir noite adentro.

Certa ocasião, levou ele uma jovem acompanhante ao motel, onde foi reconhecido pela moça:

— Quanta coincidência! O senhor é muito parecido com um filho seu, que já me trouxe a este mesmo local!

Sem demonstrar qualquer surpresa, o velho magistrado admitiu a veracidade do relato da acompanhante e acrescentou:

— De fato, meu filho é muito parecido comigo, mas a senhora há de concordar que minha maneira de possuí-la é bem mais suave e delicada do que a dele. Garanto que não vou machucá-la, como ele certamente a machucou.

De tanto ouvir as peripécias amorosas do colega, perguntei-lhe, certa feita, qual o seu truque para adulterar sem a reprimenda da santificada esposa.

Respondeu-me:

— Nunca vá à luta no horário noturno. Nenhuma esposa acredita que seu marido beba cerveja, madrugada adentro, somente na companhia de colegas do sexo masculino. A maneira mais segura de praticar o adultério é no horário executivo, das 8 às 16 horas.

E ele prosseguiu:

— De tal forma que, às 18 horas, você já tenha retornado ao sacrossanto recôndito do lar, banhando-se, escanhoando-se, perfumando-se e assistindo ao noticiário MGTV de mãozinhas dadas com a rainha do lar. Em assim procedendo, ela jamais desconfiará de seus pulos da cerca ou da água que você jogou fora da bacia!

12

Troca-troca na mesa amarela: "chumbo trocado não dói"!

Início dos anos 1980, antes do advento da Constituição Federal de 1988, concessiva de autonomia financeira e administrativa ao Poder Judiciário.

Tempo de vacas-magras.

Sobrava mês no fim do salário dos endividados magistrados, dentre os quais os três maiores: Humberto de Paiva, Tércio Pinheiro Lins e este escriba.

Abastecíamos nossa dispensa graças aos generosos empréstimos da MinasCaixa, gerenciada pelo Boanerges.

Na hora do lanche, na mesa amarela do Fórum Lafayette, os devedores e avalistas se revezavam no preenchimento das notas promissórias, destinadas à renovação de velhos empréstimos ou à obtenção de um novo.

Todos nós fazíamos o troca-troca cambial.

Cansados de tanto assinar os títulos já preenchidos, passamos a avalizar as cambiais em branco.

Ninguém abusou da confiança do outro, mas, quando faleceu meu avalista Humberto, apressei-me na devolução, aos seus familiares, do volumoso maço de papéis lacunosos, por ele previamente garantidos...

13

Quod abundat non nocet

Diz o velho brocardo latino: "o que é abundante não prejudica".

Provecto desembargador alterou sua tradução após reformar todas as sentenças de um certo juiz, chamado Eliud.

Na undécima reforma, o desembargador repetiu a supramencionada frase, esmurrou a mesa e exclamou alto e bom som:

— **Decididamente, o código do Eliud não é o nosso!**

14

Um juiz estreante, coxo e azarado

No início de sua carreira, ainda solteiro, o simpático colega foi nomeado para uma remota comarca do Vale do Jequitinhonha, onde trabalhava, dia e noite, na escalada de sua montanha processual.

Preocupado com a saúde do chefe, um velho oficial de justiça aconselhou-o a descansar um pouco, nos braços de uma mulher carinhosa, já que era um homem forte, sadio, cheio de energia, com muito amor para dar.

O magistrado recusou a proposta, porque, na pequenina comarca, inexistia bordel e a cidadezinha era muito distante de Montes Claros, Diamantina, Teófilo Otoni e Belo Horizonte.

Ponderou o meirinho que, para um juiz discreto, era possível encontrar-se, de maneira igualmente discreta, com uma viúva "verdinha" que morava do outro lado do rio e costumava receber visitantes de fino trato, para preservar sua reputação.

Em jejum e abstinência, o jovem juiz aceitou a proposta.

Encerrado o expediente forense, vestiu uma capa gaúcha, calçou um par de botas, colocou óculos escuros e cobriu a cabeça com espesso chapéu.

A cidade era pessimamente iluminada.

Dificilmente a entrada e a saída do visitante daquele ninho de amor seriam percebidas.

Partiu o juiz para seu destino amoroso, onde já encontrou a porta semicerrada.

Olhou para todos os lados, não havia viv'alma.

Praticou o ato delicioso e retornou à sua pousada, sem avistar qualquer pessoa nas imediações, como ocorrera no ritual de entrada.

Satisfeito com a troca de óleo, dormiu o sono dos justos, já que inexiste pecado nem crime onde não há testemunhas. Nem gravações.

Apesar de toda a cautela, na manhã seguinte, a cidade acordou alvoroçada com a notícia de que o juiz visitara os aposentos da viuvinha.

O segredo foi desvendado com facilidade.

Apesar do rigoroso disfarce, o magistrado era o único coxo da cidade.

Puseram-lhe até o apelido de "**Deixa que eu chuto**".

15

Súbita honra

Sempre achei que o adjetivo "súbito" significasse um acontecimento surpreendente e inesperado, como um infarto de que decorre a "morte súbita" do infartado.

"Subida" é adjetivo equivalente a elevada.

Ipso facto, "subida honra" significa "elevada honra", mas nem todos os grandes, calvos e empavonados publicistas e administrativistas assim o entendem.

Neologisticamente, um deles prolatou um discurso de saudação, iniciado com a *súbita* honra (*sic*) de...

Nossos pavilhões auriculares se surpreenderam com a derrapagem do orador.

O teto, **subitamente**, desmoronou sobre sua calva!

Caderno IV

Delegados leigos, concursados ou nada especiais

1

Um delegado muito especial e seu libidinoso lençol – um corpo de delito *sui generis*

Numa época de pouquíssimos delegados de polícia concursados, as comarcas sofriam com o desserviço dos delegados leigos, alcunhados "calças-curtas", os quais somente faziam e desfaziam aquilo que seu chefe político mandava.

Viviam de propinas, na falta de um salário oficial.

Para resolver aquela falta de "otoridade", caímos na esparrela de requerer à Secretaria de Segurança a nomeação de um delegado especial, para preencher a lacuna e impor autoridade nas delegacias.

Ocorre que certos delegados militares eram tanto ou mais corruptos que seus colegas leigos e civis.

Sempre que um militar, ativo ou inativo, pleiteava nomeação para uma comarca interiorana, seu objetivo principal era se livrar de antigas e impagáveis dívidas, porquanto havia certas delegacias muito rentáveis.

Embora não desconhecesse o risco de militarização de um cargo civil, pedi e obtive a designação do tenente R.F.S. para responder pela delegacia de polícia da comarca de Divino.

Apresentou-se ele em minha residência.

Bateu continência, exibindo sua farda branca de gala.

Ato contínuo, colocou-se à nossa disposição para implantar tranquilidade e ordem na comunidade, prendendo os bandidos foragidos e instaurando "rigoroso inquérito" quando necessário.

Perguntou-me o que mais me afligia naquele momento.

Respondi-lhe que, nas proximidades do fórum, o padrasto de um herdeiro menor (8 anos) instalara um movimentado bordel no casarão herdado pelo infante.

Imediatamente, aquele delegado "muito especial" saiu em diligência com sua tropa.

O resultado não se fez esperar.

Concluída sua tarefa saneadora, a diligência foi-me assim relatada:

— Logo após receber suas ordens, meritíssimo, fui até o casarão suspeito, acompanhado de minha tropa de elite. Fomos recebidos pela mãe e pelo padrasto da criança. No local, não havia mais ninguém, muito menos casais fazendo programas. Todos os quartos se encontravam vazios. Em alguns deles, no entanto, examinamos os lençóis e verificamos que **todos eles apresentavam vestígios de uso recente para fins libidinosos!**

2

O mesmo e especialíssimo delegado às voltas com um exame ginecológico e obstétrico

A comarca de Inhapim, onde judiquei de 18 de setembro de 1974 a 2 de dezembro de 1976, era composta de quatro municípios, dentre os quais o de Iapu, cuja Delegacia Especial de Polícia tinha, como delegado, o mesmo tenente R.F.S., que, com muito gosto e apetite, instaurou inquérito para apurar suposto estupro, que teria sido praticado pelo pai contra duas filhas de 13 e 14 anos.

Ouvidas, como informantes, na fase inquisitorial, as duas encantadoras moreninhas descarregaram pesada artilharia contra o pai, a quem acusavam de ser o autor de sua desdita.

Em juízo, as meninas se retrataram e passaram a inocentá-lo.

Argumentaram que a falsa acusação do inquérito decorrera da pressão materna, apoiada pelo delegado.

A "madrasta" mãe pretendia incriminar o esposo para justificar sua separação litigiosa.

Após inocentarem o ascendente e apontarem, como autor do desvirginamento, um incerto Paulinho, motorista de caminhão, as vítimas acrescentaram:

— Esse delegado é muito safado. Além de forjar a pesada acusação contra nosso pai, trancou-nos em seu gabinete, tirou nossa calcinha, introduziu seu dedão no meio de nossas pernas e realizou, ele próprio, o exame de corpo de delito!

Diante de tal retratação e da inexistência de outras provas condenatórias, só me restou absolver o suposto autor do crime contra os costumes.

Na sentença absolutória, ponderou este então juiz:

— **Apesar de não ser especialista em ginecologia e obstetrícia, o próprio delegado realizou a perícia especializada no local da alegada violação.**

Promovido de Inhapim para uma cidade histórica, imaginei ficar livre das peripécias do mencionado e especialíssimo delegado, mas, na referida cidade, observei, no semblante da freira que dirigia o hospital, uma semelhança muito grande com aquela autoridade.

Antes que eu lhe perguntasse, a irmãzinha afirmou:

— O sr. já trabalhou em duas comarcas onde meu irmão R.F.S. foi delegado. Ele gosta muito do senhor!

A recíproca, infelizmente, não era verdadeira!

3

Outro delegado e sua imparcialidade para fins eleitorais

Na zona eleitoral de Inhapim, "fabricavam-se" muitos eleitores, utilizando-se, para sua transferência, atestados residenciais, firmados pela autoridade policial.

Atuava no município de São João do Oriente um delegado especial, militar reformado, de elevadíssima patente.

O Dr. Walder Soares, Promotor de Justiça, advertiu-me a respeito de centenas de atestados de residência, assinados em branco por aquela autoridade e encontrados no interior de um jipe pertencente a um fazendeiro da família Ruela, moradora naquele município.

Apreendidos os gratuitos atestados, o impoluto delegado foi chamado às falas para explicar tamanha irregularidade, mas sua defesa primou pela simplicidade e pela coerência:

— É verdade que assinei atestados em branco para os Ruela, da ex-UDN. Ocorre que sou muito imparcial e, por isso, também forneci os impressos em branco para os seus adversários do ex-PSD, chefiados por Milton Antunes de Siqueira!

4

Presos transferidos sem escolta nem algemas – uma excursão penitenciária

Na década de 1970, judicava eu na comarca de Inhapim, cuja cadeia se encontrava superlotada de sentenciados à espera de transferência para a Penitenciária Agrícola de Neves.

O jovem delegado insistiu, em vão, pela designação de uma escolta militar, negada pelo sargento comandante do destacamento, que boicotava o trabalho daquele profissional que atrapalhava as negociatas do mau militar.

Cansado de esperar a inexistente escolta, nosso personagem, num gesto de extrema coragem e ousadia, conduziu, sozinho e desarmado, todos os presos munidos de carta de guia para a internação penitenciária.

Os presos foram entregues ao destino, sem nenhum incidente de percurso.

Nenhuma fuga.

São e salvo, o delegado civil retornou à sua base, sem esclarecer como operara o milagre da condução, sem escolta, de um bando de periculosos meliantes.

Somente decifrei a charada após a leitura da excelente obra *Vade Retro Forense*[1], escrita a seis mãos, pelos cultos procuradores de justiça Antônio Aurélio, Bertoldo Mateus e Leontino Chaves.

Conta-nos o coautor Antônio Aurélio:

> Na manhã do último dia do prazo estipulado para a remoção dos presos para a PAN, o sargentão que comandava o destacamento local (e que, até a chegada de Perdigão, explorava a mão de obra carcerária na confecção de bolas de capotão) alegou não ter soldados e algemas suficientes para o serviço de escolta.

---

1 AURÉLIO, Antônio *et al. Vade Retro Forense*: causos, anedotário e reminiscências. Belo Horizonte: Inédita, 1999, p. 51-52.

Diante daquela inesperada situação, o obstinado Perdigão, que já havia empenhado sua palavra com os cerca de dez presos a serem transferidos, foi até a Prefeitura local e lá conseguiu uma Kombi emprestada (motorista voluntário, é claro, nem pensar). Retornando à DP, o bravo Perdigão posicionou os presos dos novos fatos e informou que ele mesmo, desarmado, iria conduzi-los, sem algemas, até Ribeirão das Neves.

Os presos, cujas penas, somadas, importavam em quase 300 anos, liderados pelo latrocida e neoevangélico "Lourival Matador", com a tranquilidade dos que nada têm a perder, logicamente, deram total apoio ao altruísta delegado.

Iniciada a longa viagem, após rápida e burocrática parada na DP de Nova Era (onde, chamando Perdigão de louco, o delegado local alertou-o no sentido de que, caso prosseguisse e sobrevivesse àquela aventura, poderia acabar sendo exonerado), o determinado Perdigão seguiu em frente e, já em João Monlevade, rendendo-se à fome de avestruz e sede de gambá da tropa, parou no Restaurante Alvorada. Lá, onde todos se apresentaram como integrantes de um ("concentradíssimo") time de futebol, nosso delegado, além de pagar o "rango", liberou também "uma cervejinha" pra rapaziada. Como "passarinho que acompanha morcego dorme de cabeça pra baixo", entre um gole e outro, o bom Perdiga triscou e, mal recomeçou a viagem, quase atropelou um desatento pé de eucalipto. Emergencialmente, o tal Lourival, que durante sua estada em Inhapim havia tirado carta de habilitação (por correspondência) em Vitória, atendendo a "milhares" de dez pedidos, teve que assumir o volante.

Já no início da noite, a turma chegou em Neves, onde, inicialmente, Lourival foi confundido com o comandante da delegação e este, por sua vez, confundido com um dos sentenciados.

Ainda na Kombi, roncando e babando na gravata, Perdigão foi acordado pelo diretor da Penitenciária que, surpreso em vê-lo chegar "rianescamente"[2] dormindo entre presos de tão elevados antecedentes, antes de elogiá-lo pela façanha, "flodesmidtianamente"[2] obtemperou: "Doutor José Silvério, com todo respeito, vá ser tranquilo assim na p.q.p.!".

---

2 Os neologismos adverbiais "rianescamente" e flodesmidtianamente" referem-se à proverbial calma (tranquilidade, serenidade) do Procurador de Justiça Flodesmidt Riani.

Caderno V

Etc., etc., principalmente etc.

1

A "grife" do crucificado

Aparentemente, o que vou relatar é matéria estranha à toga, porque os Oficiais de Justiça, antigos meirinhos, não são magistrados.

Ocorre, no entanto, que, não fossem eles a cumprir os mandados judiciais, a justiça ficaria abstrata, morreria no nascedouro.

É por isso que o jornalzinho de classe fora batizado, no anteontem, de "Pernas Legis", num latim forçado, significando que o Oficial de Justiça é a perna que faz caminhar o comando judicial.

Ao inserir, neste repositório, chiste vetusto, mas atualíssimo, move-me, tão só e unicamente, o propósito de homenagear aqueles humildes servidores, que também foram meus guardiães nas comarcas por que passei: Lajinha (Wilson Camargo e Juca Ruela); Dom Joaquim (Antônio Costa e Francisco Madureira); Divino (João Nunes de Morais e Diomedes Valente de Assis); Inhapim (Newton Viggiano e Gabriel de Paula Lopes); Conceição do Mato Dentro (Rafael Lage e José Santa Bárbara Rodrigues, vulgo Juju); BH (Antônio Caetano, Família Paiva e muitos outros).

Feito o (desnecessário) intróito, cabe-nos reproduzir a secular estória, verdadeiro lugar-comum das piadas.

Tramitava, em determinada comarca, um processo de Execução por Título Extrajudicial.

Citado, o devedor não honrou o débito, tampouco ofertou bens à penhora, porque não os tinha na ordem preferencial do CPC.

Em hipótese tal, cumpre ao meirinho descrever os bens "que guarnecem a residência do devedor".

Na respectiva certidão, quase perfeita, foram elencados: um velho fogão DAKO, de quatro bocas; um jogo de sofás, pés de palito; um televisor Colorado, preto e branco, com direito a chuvisco e ajuda de uma esponja de Bombril etc., etc.

No arremate da pesquisa, finalizada, como de costume, com o carimbo "certifico e dou fé", o objeto mais valioso foi assim descrito:

Um crucifixo da marca INRI!

2

Você é do psirico?

O mais engraçado dos representantes do Ministério Público era o saudoso Alencar Serrão Neves, cuja oficina de criação de piadas era constante, permanente e adaptável a cada um dos seus interlocutores.

Certa ocasião, contou ele a estória de um adolescente, cheio de espinhas, de aparência semelhante à minha.

Entendi a indireta e aguardei o desenrolar da piada.

Natural de Lajinha, aquele fictício adolescente, que seria eu, teria visitado, na rua do Isidoro, em Manhumirim, uma casa de encontros amorosos, onde pretendia fazer a sua estreia.

Tímido, o rapazinho permaneceu cabisbaixo e não disse palavra.

Uma das meninas tomou a iniciativa do assédio e lhe perguntou se ele gostaria de fazer amor:

— Você é do psirico, meu bem?

Respondeu-lhe o candidato a iniciante:

— Não, minha senhora. Nasci em Lajinha mesmo.

O saudoso Serrão não perdeu o ar da graça sequer na festa de comemoração de suas Bodas de Prata, nas dependências da AMP.

No melhor da festa, por volta da meia-noite, pediu ele a palavra, agradeceu a presença dos ilustres convidados, disse-lhes para permanecerem no salão até às 3 horas e acrescentou:

— Peço, no entanto, licença para retirar-me do recinto, retornando, imediatamente ao lar, para fazer amor com minha santa esposa!

3

Num bordel do bairro Floresta

No decorrer dos Anos de Chumbo, na década de 1960, alguns universitários empreendemos *peregrinatio ad loca profana*[1] no bairro Floresta.

Adentramos numa casa da rua Rio Preto[2], local semi-iluminado pela "luz difusa de um abajur lilás"[3].

Quase caí de costas ao vislumbrar, no vestíbulo, a figura empertigada de um futuro dirigente judiciário, envolta num terno preto, povoado de caspas, como exigia e continua exigindo a famigerada "liturgia do cargo".

Reconheci-o, por ser ele por demais exibido nas colunas sociais. Fingi que não o vi.

Com toda certeza, ele também não me viu, por ser eu um reles e desconhecido universitário, despossuído de "notório saber jurídico e reputação ilibada"!

Evadi-me do local, sem saber se o ilustre visitante apenas realizava inspeção judicial ou se procurava parceira para o *nudus cum nudus in eodem tallamus*[4].

Desconheço, lado outro, se o vetusto jurista já fora atingido pelos efeitos deletérios da lei da gravidade, porque já fora visto, antes, na sala de espera do consultório médico do Dr. Hely Nogueira, especialista em doenças psicossexuais, consoante anúncio diário no "Estado de Minas".

---

1 Paródia do autor para a famosa expressão *peregrinatio ad loca sancta*, referente à visitação de monjas espanholas a locais santos, uma das fontes de pesquisa do latim vulgar, segundo Vittorio Bergo.

2 A referida mudou o nome para rua Célio de Castro.

3 Música "Abajur Lilás", de Rosa Passos e Ivan Lins.

4 Expressão latina que significa: um homem desnudo, acompanhado de uma mulher também desnuda, a portas fechadas, num mesmo quarto, certamente não estará rezando o Pai-Nosso.

4

Os apuros do dr. "Bronquinha", um promotor muito ranzinza

Era ele o mais temido dos acusadores, sempre de gravata e terno preto, para deixar bem visíveis as caspas que povoavam os ombros de seu paletó.

O salário era apequenado e pago com atraso.

Não tinha automóvel e pedalava sua bicicleta Philips nas idas e vindas do serviço forense.

Ostentava mentalidade policialesca, suas broncas eram permanentes e generalizadas, mas tinha um ponto fraco: não podia ver uma barra de saia.

Um de seus alvos amorosos era uma senhora casada, residente defronte ao edifício do fórum.

Pego em flagrante adultério pelo marido traído, fugiu pelo milharal do terreiro, sendo visto, por muitas testemunhas, de paletó, gravata e calças arriadas!

Noutra ocasião, perdia ele seu minguado dinheirinho numa banca de jogos de azar.

Como sempre, de paletó e gravata, como exigia a famigerada "liturgia do cargo".

Tempos antes, recomendara ao vigilante noturno que chamasse a polícia para prender os atrevidos que urinassem no muro ou na rua, já que inexistia sanitário na casa de tavolagem.

O zeloso guarda cumpria, rigorosamente, a tarefa que lhe fora conferida pelo promotor.

Tudo corria na mais perfeita tranquilidade até a madrugada em que o "ronda" avistou as costas de um enfatiotado urinando num poste.

Advertiu-o de que era proibido urinar na rua, como determinara o policialesco RMP.

Alertado, virou-se o infrator para seu admoestador, exibiu-lhe a carteira profissional e lhe fez a indefectível pergunta:

— O senhor sabe com quem está falando? Não lhe dou permissão para censurar qualquer gesto da maior autoridade do Ministério Público local!

Moral da história: "Façam o que digo, mas não façam o que faço!".

5

Posse conjunta, músicos esculhambados

Há muitos e muitos anos, certo juiz de carreira foi promovido ao Eg. Tribunal de Alçada.

Dois colegas se ofereceram para a animação musical do coquetel: o cantor "Picolé"[1] e o tecladista[2] - futuros desembargadores.

O repertório era variado, agradando a todos os convidados.

Outra juíza, oriunda do Ministério Público, dividiu a festa com o mencionado e promovido colega, já que os convidados eram os mesmos e as despesas poderiam ser compartilhadas.

Às 23 horas, a voz do cantor emudeceu e o músico desarmou e embalou seu instrumento, mas o iracundo esposo da empossanda esbravejou:

— Parou, parou por quê? É cedo demais para parar. Vocês foram contratados e pagos para tocar até de madrugada, enquanto houver convidados neste local!

Amedrontados com a ríspida advertência, o músico remontou o teclado e o cantor soltou, de novo, sua maviosa voz.

Se algum contrato fora celebrado com os voluntários artistas, o pacto foi verbal, firmado, tacitamente, nas fibras do coração: *ab imo corde ou ab imo pectore*[3].

---

1 Geraldo José Duarte de Paula.

2 Guilherme Luciano Baeta Nunes.

3 Expressões latinas que significam "do fundo do coração" ou "do fundo do peito".

6

Cultura de mais e beleza de menos

Foi empossado um desembargador de vasta cultura, de nobres raízes mineiras, extremamente simpático, mas desprovido de qualquer beleza física.

Sua fealdade era tão destacada e acentuada quanto sua sapiência.

O caminhar desajeitado e o desalinhado bigodão acentuavam e destacavam ainda mais o seu antiestético rosto.

Requintadíssimo e concorridíssimo foi seu coquetel de posse, em ponto nobre da Savassi.

Os fotógrafos espocavam *flashes* a mancheias.

Não perdi a ensancha de abraçá-lo e ser fotografado, por oito vezes, com as mãos em seus ombros.

O caríssimo confrade, por demais abastado, não limitou o trabalho dos fotógrafos, mas estranhou fosse eu retratado tantas vezes ao seu lado.

Expliquei-me:

— Desculpe-me o colega pelo exagero fotográfico. É sempre honrosa a sua companhia, cujo registro para a posteridade me será extremamente útil: perto de você, qualquer um fica bonito, inclusive eu!

7

Água morro abaixo, fogo morro acima e mulher quando quer...

O saudoso magistrado Augusto José Vieira Neto, mais conhecido como "Augustão Bala Doce", lecionava Processo Penal, foi vereador e autor de bem-humorados livros.

No primeiro deles, lançado, com mineiríssimos tira-gostos, no Parque Esportivo da AMAGIS, escreveu num dos trechos: "Água morro acima (*sic*), fogo morro abaixo e mulher, quando quer dar, ninguém segura...".

Elogiei-lhe o livro, mas ponderei que o dito popular deveria ser corrigido para: "Água morro abaixo, fogo morro acima...".

Agradeceu-me, pública e nominalmente, a corrigenda, prometendo retificar o equívoco da subida da água e da descida do fogo na edição seguinte.

8

Outra do Augustão: a menor palavra da língua portuguesa

Peço licença ao Procurador de Justiça Bertoldo Mateus, coautor do mencionado livro *Vade Retro Forense*, para transcrever, literalmente, a renúncia de Augustão à prorrogação do seu mandato de vereador em Montes Claros.

Vale a transcrição, pela qualidade do texto[1] e pela veracidade do relato das páginas:

> Eleito membro de edilidade montesclarense, exerceu com destaque a representação popular outorgada. Naqueles idos, uma manobra casuística de prorrogação de mandato causou-lhe suprema indignação e, sob o monolítico argumento de que fora escolhido por tempo certo, recusou-se a participar da novidade. O fato, como sói acontecer nos gestos altruístas, ensejou grande movimentação da Câmara de Vereadores local, despertando a atenção da imprensa. Coincidentemente, inauguravam-se à época as transmissões de uma rede de televisão regional, sendo mais que óbvio o interesse sobre a matéria.
>
> Ocorre que, infenso a entrevistas, Bala-Doce fechou-se em inexpugnável mutismo, negando-se a colaborar com o novel veículo de informação. Obstinado e teimoso como uma mula, o repórter ficou aflito com a possibilidade de minguar a notícia que tanto impacto propiciava e passou a perseguir o Bala para obter declarações sobre o assunto. E, crendo na sua capacidade de persuasão, o jovem repórter fazia constantes chamadas ao vivo.
>
> — Rede Itaipava de Televisão, unindo o norte de Minas ao Brasil, transmite diretamente da Câmara Municipal, onde um vereador se

1 Op. cit. AURÉLIO, Antônio et al. *Vade Retro Forense*: causos, anedotário e reminiscências, p. 139-141.

nega a aceitar o prolongamento do seu mandato, divergindo da vontade da maioria. Dentro de alguns minutos, entrevistaremos o doutor Augusto, para que nos explique os motivos da resistência à regra política adotada no País.

Ato contínuo, o jornalista redobrou a insistência e, em *off*, suplicava:

— Doutor Augusto, o senhor tem que prestigiar a nossa emissora, que transmite as notícias da região. Por favor, diga-nos alguma coisa sobre o episódio.

— Meu filho, eu não tenho nada a declarar...

— Uma palavrinha...

— Nada a declarar.

— Por favor, diga ao menos uma palavrinha - insistia o repórter.

— Uma palavrinha... só uma palavrinha - refletiu Bala-Doce.

— Sim, doutor, só uma palavrinha... qualquer palavrinha. Estamos ao vivo para toda a região - suplicava o jornalista.

— Uma palavrinha? - obtemperou Bala.

— Sim! Atenção, produção... no ar!

O velho Bala respirou fundo e, ao vivo, sapecou:

— Cu...

9

Jacob com b = Bacó

Sessão de julgamento no falecido e saudoso Tribunal de Alçada.

Pregão das partes e de seus advogados.

Ao orientar o oficial de justiça, encarregado do pregão, o funcionário do cartório advertiu-o a respeito do nome do advogado do apelante:

— Dr. Jacob Lopes de Castro Máximo. "Jacob" com "B"!

O anúncio se fez, literalmente, assim:

— Advogado do apelante: Dr. Bacó Lopes de Castro Máximo!

10

O incômodo e hilário sobrenome de um grande magistrado

Wilson e Walter Veado foram dois grandes magistrados, na primeira e na segunda instâncias.

Cultura jurídica e humanista não lhes faltava.

O primeiro era mais formal e preocupado com a situação dos menores desamparados, para os quais dedicava especialíssima formação cívico-militar.

Walter Veado iluminou a magistratura em todas as comarcas pelas quais passou.

Permaneceu por muitos anos em Formiga/MG, entrância final na época de sua judicatura.

Promovido, a contragosto, para a Capital, recusou-se a assumir o exercício em Belo Horizonte, escrevendo dramática carta ao governador do Estado, oportunidade em que seu desabafo repercutiu na imprensa das Gerais e nos anais forenses.

Queixava-se o digno magistrado de que seu salário era tão diminuto e se encontrava tão atrasado que não teria condições financeiras para custear alimento, educação e aluguel para sua prole.

Após algumas recusas, foi, finalmente, promovido para a entrância especial, onde se reuniu, no Café Nice, na Praça Sete, com outros confrades.

Segundo seu próprio relato, um dos populares, a quem desconhecia, teria comentado no balcão do cafezinho:

— Já não se fazem tribunais sérios como antigamente. Imaginem vocês que o nosso respeitável TJ acaba de acolher, em seus quadros, um desembargador *gay*: um tal de Walter Veado!

11

O melhor dos revisores e seu desencontrado fuso horário

Nilo Schalcher Ventura era um grande magistrado, tão insone e noctívago quanto José Guido de Andrade.

Para ele, como para as corujas e os curiangos, o dia era para dormir e a noite para flanar.

Enquanto Guido perambulava pelas ruas do bairro São Bento, Nilo optava pelas deambulações no centro da cidade.

Certa feita, perpassou pelo restaurante Scaramouche, pelas três da matina, para conversar com os garçons amigos, a quem conhecia pelo nome.

Queria, a todo custo, que eu também os conhecesse nominalmente, como se as noites não fossem destinadas ao meu sono.

Tive o privilégio de tê-lo como revisor na 1ª Câmara Cível e também na 1ª Criminal do TAMG.

Sua revisão era por demais minuciosa, o que deixava o relator muito tranquilo. Só havia um senão: Nilo me telefonava altas horas, avisando-me que estaria ao meu inteiro dispor, da meia-noite às seis da manhã, para alguns reparos nos votos de minha relatoria.

Respondi-lhe:

— Da meia-noite às seis, costumo dormir, como a maioria das pessoas. Estarei, no entanto, à sua inteira disposição das seis da manhã à meia-noite.

Apesar da inversão de nosso fuso horário, suas boas revisões nunca deixaram de enriquecer meus incompletos votos.

Que sua alma descanse em paz, já que partiu, recentemente, para a outra dimensão.

12

Leia a Bíblia, mas não se esqueça do Código

O magistrado Leonídio Mathias Doehler, a quem conheci em 1967, quando era titular da comarca de Mantena, sempre me impressionou por sua operosidade, aliada à religiosidade de pastor luterano, depois maranata.

Dizem que, naquela distante comarca, costumava ele transportar dezenas de sentenciados em carrocerias de caminhões para um retiro espiritual campestre, em que muitos se converteram e de que ninguém jamais fugiu.

Era eu um advogado estreante na terra natal, Lajinha, quando fui procurado pelo açougueiro Antônio Sales, que vivia em concubinato com a segunda mulher, mas desconhecia o paradeiro da esposa, de quem se separara de fato.

Tal paradeiro somente foi desvendado quando uma carta precatória, oriunda da comarca de Mantena, o citava para contestar o desquite litigioso em seu desfavor ajuizado pela varoa.

A audiência de conciliação fora marcada para dois ou três meses após a citação, mas Antônio "Açougueiro" não quis esperar tanto tempo, razão pela qual antecipamos nossa viagem até a mencionada comarca, onde me apresentei ao juiz deprecante, desculpando-me pelo atendimento antecipado da convocação.

Com a maior boa vontade, o magistrado, entre uma e outra audiência da superlotada pauta, adiantou a nossa, já que os cônjuges concordavam com a oficialização da separação de fato.

Captei aquela primeira lição e, em minha passagem pela 1ª Vara de Família da Capital, no início da década de 1980, jamais deixei de realizar cinco, dez e até mesmo quinze audiências de homologação de separação consensual, ainda que fora de pauta, mas no início do expediente forense.

De Mantena, Leonídio foi promovido para Caratinga e depois para Belo Horizonte, onde a fama de pastor evangélico antecedeu sua chegada.

Certo advogado, no intuito de bajular o pastor/magistrado, entregou-lhe, em mãos, uma petição, de paupérrima redação, em que inseriu o seguinte carimbo: "**Leia a Bíblia!**".

Como o pedido não apresentasse qualquer fundamentação jurídica, diz o folclore forense que o magistrado teria lançado, no papelucho, o seguinte despacho: "**Leia o Código!**".

13

Álvaro de Oliveira Dias, profissão: testemunha

Em minha comarca de origem, havia de tudo, inclusive testemunha de defesa profissional, como era o caso do fazendeiro Álvaro de Oliveira Dias, muitas vezes vereador e eterno candidato a prefeito.

Quando o crime era muito bárbaro e ninguém se dispunha a testemunhar em favor do réu, a defesa sempre recorria ao profissionalismo testemunhal do renomado cafeicultor.

Certa feita, o magistrado Edgard de Andrade Rocha presidia uma audiência de instrução criminal, em que inquiria a mencionada testemunha.

Perguntado sobre o fato delituoso, o depoente respondeu que não presenciara o crime, a cujo respeito nada sabia informar, nem mesmo por ouvir dizer.

A respeito da conduta do denunciado, relatou que se tratava de um cidadão honesto, trabalhador, católico apostólico romano, excelente chefe de família, que não fumava, não bebia, **nem frequentava certos lugares**...

Insistiu o juiz:

— Por que a testemunha afirma, com tamanha segurança, que o acusado não frequenta "certos lugares"? Porventura, o senhor os frequenta?

Respondeu, na bucha, a espirituosa testemunha:

— Como é do geral conhecimento, em todas as eleições sou lançado candidato a prefeito ou a vereador. Na hora de angariar votos, não procuro saber se o futuro eleitor é preto, branco, católico, protestante, moça donzela, esposa santificada ou se pode ser uma daquelas mulheres infelizes que vendem o próprio corpo para alimentar os filhos do seu ventre.

E arrematou:

— Nessas ocasiões, em que visito a zona boêmia, para angariar o sufrágio das prostitutas, jamais deparei, naquele pecaminoso local, com a figura do presente réu!

14

Benedito “Brechó” e o cavalo derrabado

Promotor de Justiça aos 25, 26 anos, atuei na falecida e saudosa comarca de Dom Joaquim por apenas 11 meses, entre abril de 1969 e março de 1970.

Granjeei muitas e sólidas amizades na terra do padroeiro São Domingos, banhada pelo outrora piscoso Rio do Peixe, ora em fase de extinção, mercê do garimpo predatório, cujo emprego de mercúrio despovoou e secou o curso d’água.

Outorgaram-me em 2010, quarenta anos após minha saída, o honroso título de cidadão honorário da hospitaleira terra.

Dos minguados e raquíticos processos criminais, despertava-me a atenção o relatório floreado do fechamento dos inquéritos pelo delegado calça-curta (leigo).

De tais relatórios, o mais hilário referia-se ao indiciado, depois denunciado, Benedito “Brechó”, incurso nas iras de crime de dano, por derrabar (cortar o rabo) (d)o cavalo de um vizinho.

Custou-me entender onde estaria o dano porque, mais cedo ou mais tarde, o rabo renasceria, deixando de ser um mero toco.

Explicaram-me que, sem o rabo, o animal perderia muito do seu valor, porque o cavalo, sem meios de espantar os vorazes insetos, estaria sujeito aos ataques do berne e a múltiplas outras infecções.

O relatório do manjura (delegado na gíria policial) foi assim redigido:

> O indiciado Benedito Brechó, com os cabelos sempre ouriçados, qual porco-espinho (ouriço-caixeiro), está sempre em pé de guerra, pronto para o ataque. Não cria caso: é o próprio caso.
>
> Se não houver motivo para briga, ele inventa qualquer um.
>
> Tornou-se inimigo de todos: autoridades civis, militares e eclesiásticas; vizinhos; parentes próximos e remotos.

Como não encontra mais ninguém com quem guerrear, mira-se no próprio espelho, grita, sapateia, xinga, põe-se em posição de autocombate.

Em suma, na falta de outros antagonistas, o encrenqueiro passou a brigar consigo próprio.

A *otoridade* policial não foi infiel à verdade em seu rebuscado relato.

Certifico e dou fé.

15

A velha desdentada e seu picuá

É comum, na zona rural, que os cavaleiros carreguem, em sua montaria, um picuá (bornal de duas bocas) para a divisão da carga transportada no lombo do animal.

Certa feita, na comarca de Inhapim, compareceu ao interrogatório uma decrépita e esquálida velhinha, que esfaqueara um vizinho.

No decorrer da audiência, remexia, nervosamente, o conteúdo do duplo bornal, à procura de algum objeto que lá ocultara.

Desconfiei da suspeita atitude da anciã e recomendei ao oficial de justiça Tonzinho Viggiano que permanecesse vigilante, para que este magistrado não fosse igualmente esfaqueado pela interroganda.

Terminado o interrogatório e lavrado o respectivo termo, a velha pediu licença para um esclarecimento adicional, enquanto apalpava o interior do picuá:

— Senhor juiz, para mim somente existem duas coisas importantes nesta vida: a Bíblia Sagrada, que guardo na sacola, e minha virgindade.

A exibição do livro santo a todos deixou aliviados.

A respeito da donzelice da acusada, o Promotor Ayrton de Jesus Costa foi por demais curto e grosso ao cochichar-me:

— Também, com tamanha feiúra, a velha nada mais fez do que sua obrigação ao manter-se virgem. Não corre qualquer risco de ter o selo carimbado!

16

A velha que quase foi à p.q.p.

Perguntei à anciã, denunciada e interrogada por tentativa de homicídio, mediante punhaladas que não mataram a vítima por puro milagre ou porque a lâmina enferrujada deveria ser idêntica àquela utilizada pelo tresloucado Adélio Bispo, agressor do Psicopata Presidencial em sua passagem por Juiz de Fora:

— Por que a senhora esfaqueou a vítima?

Respondeu-me a interroganda:

— Porque ele me xingou, mandando-me à p... que me pariu!

Perguntei, finalmente:

— E a senhora foi?

17

A abelha africana e seu erro de pontaria

Nos tempos das vacas-magras, anteriores à autonomia financeira e administrativa do Poder Judiciário, consagrada na Constituição Federal de 1988, nós, os endividados juízes da Capital, jamais poderíamos frequentar as luxuosas dependências de um Automóvel Clube, de um Minas Tênis Clube, do Iate Clube ou do PIC.

Nosso prêmio de consolação, como já dito alhures, era o Clube Recreativo Forense, situado no Jardim Teresópolis, município de Betim, a 23 km de Belo Horizonte.

Todo fim de semana, pegávamos a esteira, o chapéu, o guarda-sol, a criançada, o frango com farofa e íamos para aquele paraíso da pobreza judiciária.

D. Marli Barbosa Gontijo, esposa do Dr. Marcos Teixeira Gontijo, Juiz de Direito da comarca de Itabira, meu colega de Faculdade, era encarregada de levar uma cesta de galináceo enfarofado, acebolado e azeitonado para nosso degustar.

Num feriado, distribuiu-se o frango assado entre os presentes, cabendo ao esposo da prestimosa senhora o pedaço mais rechonchudo da ave.

Esfaimado, o saudoso colega escancarou a cavidade bucal e pôs a língua à mostra, enquanto tentava comer o frangão.

Antes de ser a coxa levada à boca do comedor, uma abelha africana, peçonhenta, com cara de poucos amigos, antecipou-se à guloseima e mordeu a língua exposta, envenenando-a e enrijecendo-a.

Diante da rigidez lingual, o frustrado comilão ainda teve presença de espírito para dizer:

— Maldição das maldições. A abelha tem uma péssima pontaria. Para que endurecer minha língua, se abaixo da minha cintura havia um local mais importante a ser enrijecido!

18

As barbeiragens de uma vetusta e navegante senhora

Viúva de magistrado, 85 anos, simpática e extrovertida macróbia continua dirigindo perigosamente seu veículo, mas arranjou uma fórmula infalível para não arranhá-lo nas colunas de seu prédio:

— Mudou de lugar as colunas!

Como se não bastasse a renovação de sua carteira de motorista, obteve ela habilitação para conduzir seu próprio *jet ski* na represa de Furnas, onde tem casa de veraneio.

Relatou-me ela própria que se perdeu na imensidão daquela represa, maior do que a Baía de Guanabara.

Desesperada, pediu socorro à equipe de salva-vidas do Corpo de Bombeiros.

O socorrista atendente perguntou à desesperada "náufraga":

— Para socorrê-la, é preciso saber sua exata localização na represa.

Respondeu-lhe:

— Se soubesse onde estou, eu precisaria pedir socorro a vocês?

19

Médico e corno manso

No início da década de 1980, cooperava eu na 1ª Vara de Família da Capital, cujo titular era Emerson Tardieu de Aguiar Pereira.

Na audiência conciliatória de uma separação litigiosa, ajuizada por jovem, elegante e lindíssima esposa, o cônjuge-varão era um velho esculápio, engravatado, vestido num terno esfarrapado e calçado com um par de tênis barato que em nada combinava com seu vestuário clássico, embora esgarçado.

Em meu gabinete, confidenciou-me o marido que era por demais apaixonado por sua esposa e não lhe interessava a separação por ela proposta.

Emocionado, admitiu que a bem-amada poderia fazer o que bem entendesse e até pilotar noite adentro, sozinha ou acompanhada por terceiros, o automóvel de luxo que lhe dera.

O médico, então, falou:

— Meu amor por ela é tão grande que somente lhe exijo uma coisa: que me avise quando for dormir fora de casa, para que eu não fique preocupado e temeroso de algum acidente automobilístico!

Por muitos anos, meditei se aquela fala representava um amor tão grande, a ponto de admitir a traição da esposa, para conservá-la ao lado do apaixonado consorte.

Durante a pandemia, transmiti a um interlocutor aquela conclusão do "amor incomensurável para não perder o objeto amoroso".

Respondeu-me o ouvinte:

— O senhor está completamente enganado em sua avaliação. Não se trata de excesso de amor, mas de total ausência de amor-próprio.

20

Questão de higiene e asseio, excelência!

Ainda na Vara de Família, indaguei dos separandos o motivo da separação.

Respondeu-me a esposa que se tratava de uma questão de "asseio e higiene".

Pedi-lhe que fosse mais explícita.

Esclareceu-me que o marido era açougueiro e lidava o dia inteiro com o cheiro sebáceo da carne bovina.

Terminado o expediente, com a bota branca e o avental ainda ensanguentados e fedorentos, retornava ao lar e, sem se lavar, deitava-se, emporcalhando a cama de casal.

Seu cheiro era tão insuportável e a imundície tão grande que a melhor solução seria a separação, apesar de o amor persistir.

Como juiz de família, somente não insistia na reconciliação quando um dos cônjuges me dizia que o amor findara.

Falecido o amor, também se findava o casamento, ainda que não fosse oficializada a separação.

A sós com o marido, perguntei-lhe se, ao voltar para casa, gostaria de encontrar a esposa de banho tomado e cheirosa ou "com o avental todo sujo de ovo", como nos péssimos versos de David Nasser para uma música composta por Herivelto Martins para o Dia das Mães. De pronto, respondeu-me que preferia a mulher limpa e cheirosa.

Ponderei-lhe que a recíproca também seria verdadeira e que ele cuidasse de instalar um chuveiro em um puxadinho de seu açougue, retornando limpo, cheiroso e asseado ao sacrossanto recôndito do lar.

Após um prazo de reflexão, suficiente para a edificação do aludido banheiro, o casal retornou à minha presença e desistiu do projeto de separação.

21

Hostilidade secreta

O Des. Antônio Marco Alvim Soares, enquanto titular da 6ª Vara de Família da Capital, presidiu uma audiência de separação judicial em que nenhum dos cônjuges culpava o outro pela desdita.

Como se tratava de litígio, o juiz precisava justificar a dissolução do laço conjugal por uma grave motivação, que nenhum dos cônjuges apontava.

Apesar do sepulcral silêncio sobre o fundamento do distrato, pairava no ar um lampejo de ódio do marido contra a mulher, e vice-versa.

Tratava-se de uma antipatia desmotivada, de uma total ausência de química amorosa.

O sábio julgador não insistiu na convivência com desamor e decretou a separação, dividindo a culpa, de igual para igual, entre os separandos.

Fundamentação criada pelo juiz no ato sentencial: **hostilidade secreta**.

A partir da pioneira sentença, criou-se um novo fundamento, até então inexistente na lei civil, para as separações litigiosas...

22

Disfunção erétil *vs* hímen complacente

A irrealizada esposa moveu, em desfavor do "incompetente" marido, ação anulatória de casamento, fundamentada em sua inconsumação, porquanto o infeliz consorte padeceria de impotência *coeundi*.

Citado, o requerido não acudiu ao chamamento e foi declarado revel.

Pedido exame específico pela deslumbrante esposa, o cônjuge-varão continuou sumido, inviabilizando a comprovação da alegada disfunção erétil, vulgarmente conhecida como "brochura".

A solução encontrada foi a perícia genitálica da mulher.

Se comprovada a sua virgindade após meses de casamento, fácil seria concluir pela procedência do pleito de anulação do vínculo matrimonial.

Surpreendentemente, os peritos concluíram pela inviabilidade do segundo exame, por ser a examinanda portadora de **hímen complacente**.

Concluí, na esteira de vetusto brocardo latino: *ad impossibilia nemo tenetur*.

Inviabilizada a primitiva ação, postou-se outra: separação litigiosa, por descumprimento do débito conjugal pelo marido revel.

Procedente a súplica, a bela advogada, de ruivas madeixas, continuou a desfilar, pelos corredores forenses, sua raríssima e especialíssima natureza de *virgo intacta*, ainda que penetrada.

23

Após oito anos de vida incomum...

Numa postulação de separação judicial, argumentou o "culto" advogado: "após oito anos de vida incomum (*sic*) e harmônica, os cônjuges resolveram separar-se amigavelmente, por incompatibilidade de gênios".

Não foi possível a reconciliação.

Na respectiva audiência, perguntei ao "culto" subscritor da inicial se seus constituintes residiriam em uma árvore frondosa, semelhante à residência de Tarzan e Jane.

Respondeu-me o ilustre, mas não ilustrado bacharel:

— Nada disso, senhor juiz. Meus clientes residem sob o mesmo teto, em casa de alvenaria.

Completei:

— Salvo engano, V. Exa. queria dizer que os cônjuges vivenciaram oito anos de vida "em comum".

24

Ao falecer, deixou o *de cujus* oito *decujinhos*

Na petição inicial de um inventário, culto e operoso advogado, especialista em Direito das Sucessões, cometeu a seguinte preciosidade, ao relatar que o falecido deixara oito filhos menores: "Ao falecer, além de bens imóveis, o *de cujus* deixou oito *decujinhos*".

Decorridos tantos anos, imagino que os mencionados herdeiros já sejam amadurecidos "de cujões".

25

Um desastrado, inesquecível e quase mortal implante dentário

Certo colega, assaz tranquilo e de grande sapiência, submeteu-se a um radical implante dentário com o mais renomado dos especialistas na área.

Deu azar: engoliu a quase imperceptível chavinha de fenda, utilizada na cirurgia.

O cirurgião, ao invés de levar o imperturbável paciente ao Pronto-Socorro, recomendou-lhe um minucioso exame fecal, para não perder de vista a minúscula chave de fenda, caríssima, importada, sem similar nacional.

Calma e pacienciosamente, como é do seu feitio, o educadíssimo colega seguiu à risca, por quase trinta dias, a recomendação médica de não ingerir laxantes, para que, apressada pelo purgativo, a chavinha não lhe atravessasse nem perfurasse o estômago.

A retilínea descida do corpo estranho foi, dia após dia, acompanhada por um detetivesco Raio X.

O identificado, rejeitado e antinatural apêndice foi ejetado, às inteiras, pelo bolo fecal, merecedor de aplausos sonoros, como se fora uma cantiga de "parabéns pra você".

Só para contrariar, a cara-metade do vitimado paciente impediu que fosse o recuperado tesouro recambiado ao seu (i)legítimo, cúpido e desumano proprietário!

26

Autos processuais empilhados no gabinete do juiz e advogado pilhado em flagrante

A 5ª e a 12ª Varas Cíveis da Capital não eram das mais cobiçadas, em face do elevado acervo processual, da desorganização cartorária e da ausência de funcionários concursados e remunerados pelos cofres públicos.

Tibagy Salles Oliveira, que não fugia da solução de qualquer problema, aceitou o desafio de colocar em dia a montanha processual da 5ª Vara Cível, no que logrou êxito.

Num gesto de fidalguia, os possíveis concorrentes à titularização na 12ª Vara cederam sua vez para este escriba, até então juiz substituto.

Aceitei o desafio e quase dei conta do recado, haja vista minha promoção, por merecimento, para o Eg. TAMG.

Contava eu com os bons serviços de Antônio Caetano, excelente e confiável oficial porteiro.

O corpo de cartorários me tolerava melhor do que me tratava, mas a falta de material humano era constante, o que me levou a aceitar a transferência de um servidor alcoólatra.

Aproveitando-se de sua fragilidade, certo medalhão da advocacia invadiu meu gabinete na companhia daquele serventuário e na ausência do magistrado.

Centenas e centenas de autos processuais encontravam-se empilhados no chão da sala.

Sempre que comparecia ao serviço, minha primeira tarefa era revirar, de cabeça para baixo, os autos cuidadosamente colocados no alto da pilha.

A separação preferencial, certamente estimulada ($$) por importantes escritórios de advocacia bancária, deixava à mostra somente o que interessava às açodadas, desinteressadas e argentárias instituições não filantrópicas.

Minha paciência se exauriu quando, ao retornar do horário de almoço, flagrei o problemático funcionário e o diligente e "espaçoso" advogado ajoelhados no chão, exercitando sua pescaria naqueles processos de interesse do causídico.

Furioso, sem identificar o bacharel invasor, expulsei-o aos gritos de meu gabinete:

— Excelentíssimo senhor advogado, no dia em que este juiz adentrar, em sua ausência e sem a sua permissão, em seu escritório profissional, para abrir e vasculhar suas gavetas e documentos sigilosos, dar-lhe-ei licença e liberdade para que invada o meu local de trabalho!

27

O criador e o único defeito da criação

Semialfabetizado ou mesmo analfabeto completo, certo advogado de tradicional comarca do Vale do Rio Doce foi elevado à presidência da seccional de sua entidade de classe, na cidade de origem.

Jamais se atreveu a escrever artigos jurídicos, mas assinava uma coluna no semanário local.

Fiquei estupefato com o título de seu primeiro artigo: "As rugas não são sinais de idade".

Relatava-nos o articulista que fora auxiliar de farmácia antes de se formar bacharel.

No antigo emprego, atuava como aplicador de injeções, ora no músculo do braço, ora no *bumbum* do paciente.

Observou aquele escrevinhador que os velhos apresentavam o rosto devastado pelas rugas, mas o bumbum, parte mais recôndita do seu corpo, era totalmente liso.

Concluiu seu anatômico artigo: "Se o Criador fizesse tudo de maneira perfeita, as rugas ficariam escondidas na parte traseira do corpo dos velhos, ao passo que o rosto, por ser o mais visível pedaço da anatomia humana, jamais ostentaria as deformantes rugas".

28

Cesta, sesta ou çesta-feira?

Graças a seu notório saber jurídico e a sua libada reputação, certo advogado do interior foi nomeado secretário da Administração Municipal.

Um inculto e rico fazendeiro foi eleito prefeito.

Decretou feriado municipal numa sexta-feira e determinou àquele secretário que redigisse um comunicado, anunciando a inexistência de expediente no dia X, **sexta-feira**.

Prontamente, o alto funcionário se dispôs a "catilografar" o aviso do alcaide, até que se deparou com atroz dúvida sobre a verdadeira grafia da palavra "sexta": cesta, sesta ou çesta?

Nenhum dos funcionários municipais resolveu a ignorância gráfica de nosso personagem.

Cansado de tamanho esforço vernacular, o ilustre causídico expôs o problema ao alcaide apedeuta, para que resolvesse ele a problemática, que não tinha "solucionática" – como diria o futebolista Dario, do Atlético-MG, cognome Dadá Maravilha.

O prefeito, após coçar, desparafusar a cuca e concluir que também não sabia redigir corretamente a palavra "sexta-feira", ordenou ao seu subalterno a aplicação da solução criativa que encontrou:

— Senhor Secretário, mude a redação da Portaria para: "Quinta-feira não haverá expediente".

29

Algures e alhures, para um B de louça, uma cadeira de palhinha

Natural do norte de Minas, aquele R.M.P. era um exemplo de elegância, cavalheirismo, *finesse* e boa educação.

Seus pareceres eram sintéticos e objetivos, mas usava e abusava das palavras **algures** e **alhures**, bem como do S.M.J. (salvo melhor juízo).

Não pisava no acarpetado da sala de audiências: flutuava, levitava...

Suas mãos eram lisas, unhas bem aparadas e esmaltadas.

Assentava-se de maneira assaz educada e delicada, como se estivesse repousando na poltrona um traseiro de porcelana chinesa da dinastia Ming.

Embora nova, a cadeira de *courvin*, em que este juiz se acomodava, era um tanto desconfortável e aderente ao corpo suado, razão pela qual, em visita à Makro Atacadista, não resisti à tentação de adquirir duas cadeiras de palhinha, com pés e braços cromados.

Uma delas foi entronizada em meu gabinete, destinando-se a segunda ao escritório doméstico.

Desde que foi apresentada a novidade, o mencionado R.M.P. sempre me perguntava:

— Onde *Vossência* conseguiu adquirir um assento tão confortável? Não consegui encontrar nada parecido no Makro, tampouco nos antiquários ou lojas de móveis da Silviano Brandão.

Frustrado em suas buscas, continuou a insistir no seu desiderato de adquirir uma cadeira arejada, como a que eu adquirira.

Comovido com tamanha insistência e com seu incontido desejo, doei-lhe o cobiçado assento quando de minha promoção ao TAMG.

Jamais assisti a um agradecimento tão comovido e sincero, razão pela qual concluo esse relato com a seguinte reflexão: **Para um B**da de louça, uma cadeira de palhinha!**

Caderno VI

Por debaixo da toga, dos caracóis dos seus cabelos e do sol

1

A corrida dos aposentados ao café da mesa amarela

José Arthur de Carvalho Pereira, ex-presidente do TJMG e pai homônimo de seu atual presidente, foi grande, simples, competente e simpático em todos os cargos que ocupou e honrou.

Quando ele era um brilhante Promotor no Tribunal de Júri de Belo Horizonte, em janeiro de 1969, fui aprovado e bem classificado, aos 25 anos, no XIII concurso de ingresso no MPMG.

A vitória merecia comemoração numa farta rodada de chope da Lanchonete Nacional, situada na confluência das ruas Goiás e Bahia, no mesmo endereço do jornal "Estado de Minas".

Numa mesa vizinha à nossa, o Promotor José Arthur tragava o seu inseparável cilindro de papel branco e saboreava um chopinho em companhia de um velho e mutilado promotor, solteiro não convicto, mas forçado pelas circunstâncias.

O ancião, que já bebera por demais, implicou com a minha juventude, delicadeza de trato e, por isso, agrediu-me com palavras que quase me fizeram desistir da carreira ministerial.

Cuspiu-me verbalmente:

— Você é por demais delicado e tímido para enfrentar uma profissão que exige força e coragem. Desista de ser Promotor de Justiça o quanto antes!

Entristeci-me com tamanho desestímulo, que não era totalmente infiel à verdade.

Somente não desisti da anunciada nomeação pela salvadora intercessão de José Arthur:

— Ser jovem e bem-educado não constitui defeito nem implica em derrocada. Felipe da Macedônia mal completara 30 anos quando conquistou o mundo antigo. Seu filho Alexandre Magno tornou-se grande, maior do que o próprio pai, na faixa dos 20 anos. Cristo nos deixou seus grandes legados e ensinamentos entre os 30 e os 33 anos. Não desista, meu caro jovem! Eu também era quase imberbe quando assumi a Promotoria do Tribunal de Júri. Muitos torceram pelo meu fracasso, pelo único defeito de ser um jovem estreante.

Finalizou ele:

— Assim como venci, você também vencerá!

Para não me alongar neste capítulo, saliento que, depois de ser promotor, nosso saudoso e estimulante amigo chefiou a Procuradoria-Geral de Justiça, donde foi escolhido desembargador pelo quinto constitucional do MP, falecendo precocemente, após exornar a presidência do TJMG.

Antes ou depois de ser presidente do Tribunal, comandou a 2ª Câmara Criminal, onde disputava com o confrade José Guido qual dos dois fumava mais.

Por fumarem tanto, a sessão era interrompida algumas vezes para um cafezinho na mesa amarela, para onde José Arthur subia correndo, advertindo-nos:

— Corram também, antes que os aposentados se antecipem e comam toda a nossa merenda.

A assertiva correspondia, em parte, à verdade, porque o café caseiro e gratuito poupava o consumidor de idas e vindas ao Café Pérola e ao Nice, situados na Praça Sete.

A advertência presidencial jamais me saiu da memória.

Após a aposentadoria, em 09/01/2012, jamais compareci ao café dos colegas da ativa, para que ninguém acuse este mísero aposentado de devorar o alheio lanche.

2

Um arbusto suspeito e um segurança mui cuidadoso

Na década de 1990, viajando de ônibus turístico pelo litoral pernambucano, comentei com a companheira de viagem que um dos turistas, de barbas brancas, muito se assemelhava, por sua cerimoniosa postura, a um magistrado.

Minha suspeita se confirmou.

Um bate-papo foi entabulado.

Na oportunidade, o interlocutor fluminense indicou um vegetal que se prestava à cura do diabetes que afligia minha consorte, a quem forneceu a receita do miraculoso chá e se prontificou a remeter a matéria-prima vegetal pelo amigo Roberto de Freitas Messano, conterrâneo seu e titular da comarca mineira de Divinópolis.

Meses depois, quando eu já me esquecera daquela promessa, o juiz Freitas Messano telefonou, do centro de Belo Horizonte, para minha residência no Padre Eustáquio, dizendo-me que o colega do Rio de Janeiro lhe pedira que me entregasse a folhagem destinada ao preparo do mencionado chá.

Acontece que uma tromba-d'água inundara grande parte da Capital e a volumosa enxurrada impedia qualquer deslocamento até minha residência suburbana.

Como ele estivesse próximo do TJMG, onde o expediente forense já findara, recomendei-lhe que entregasse o vaso a quem teria meios e chaves para depositá-lo em meu gabinete: o segurança do prédio.

Dito e feito, mas...

Demonstrando profissionalismo, aquele porteiro desconfiou da natureza da folhagem e me telefonou:

— Excelência, um indivíduo estranho deixou-lhe umas folhas verdes, de aparência igualmente suspeita. O que é que eu faço?

Respondi-lhe:

— O portador é um homem de bem, magistrado em nosso Estado. O remetente da encomenda também é juiz no Rio de Janeiro. Não há motivo para suspeitar do que lhe foi repassado, porque se trata de um inocente vegetal, imprestável para a fumegação, mas recomendável para o tratamento da doença de minha cara-metade.

Julguei de bom alvitre remeter um ofício aos superiores hierárquicos do segurança, elogiando-lhe o profissionalismo.

Satisfeito e endeusado com meus encômios, aquele funcionário avançou o sinal, pedindo-me a expedição de um documento autorizativo do porte de armas de fogo.

Obtemperei-lhe que não poderia recomendar a outrem um armamento que jamais utilizara.

Lado outro, desembargador não é autoridade competente para autorizar porte ou registro de armas, o que deve ser buscado no âmbito policial.

Aparentemente conformado, pediu-me o matreiro cidadão que oficiasse ao Secretário de Segurança, pedindo-lhe o que me fora pedido e negado.

Nova negativa de minha parte.

Por derradeiro, solicitou-me ele um atestado de idoneidade moral e de bons antecedentes, o que me causou espécie, pois nada sabia informar do currículo do solicitante, além do episódio supranarrado.

Para não ser indelicado, datilografei-lhe um atestado genérico, vazado nos seguintes termos:

> Atesto, a requerimento verbal do interessado e para os devidos fins, que o conheço profissionalmente, no âmbito deste tribunal, desconhecendo, até o presente momento, qualquer nota desabonadora de sua conduta funcional, social e familiar.

O tempo passou...

Muitos meses depois do ocorrido, já desempregado, aquele segurança, de triste memória, envolveu-se com traficantes presos em flagrante na vizinha comarca de Nova Lima.

Ao ser trancafiado, exibiu ele, para a autoridade policial, aquele meu gracioso atestado de bons antecedentes, ao depois apreendido e embutido no ventre do inquérito policial.

Remetida a peça inquisitorial a juízo, o zeloso e culto magistrado Juarez de Moraes Azevedo, filho ilustre de Muriaé, telefonou-me, constrangido, relatando-me que desalojara dos autos o aludido atestado, que poderia comprometer minha reputação profissional.

Tranquilizei-o:

— Nada que me comprometa, caro amigo. Limitei-me a atestar o superficial conhecimento da conduta profissional do cidadão, mas afirmei que desconhecia, até o momento da atestação, qualquer "nota desabonadora de sua conduta".

Prossegui:

— Quando firmei aquele documento, desconhecia os fatos desabonadores, mas agora, graças a V. Exª, estou informado do envolvimento do ex-segurança com perigosos meliantes.

Por tudo isso, nada mais atesto, nem certifico, nem dou fé!

3

Um gambá cheira o outro

Numa excursão à Represa de Serra Azul, donde provém grande parte da água que dessedenta os belorizontinos, fomos recebidos em opíparo almoço, fartamente regado a chope, sob os auspícios de Ruy Lage, presidente da COPASA e ex-prefeito de Belo Horizonte.

Na viagem de retorno à Capital, em companhia do anfitrião, perguntou-lhe um destemperado e azougado colega:

— Dr. Ruy, é público e notório que o senhor é o melhor amigo do governador, que o nomeou prefeito e, agora, presidente da COPASA. Se assim é e se aquele político bebe muito, o senhor, com toda certeza, também é amante do copo.

A falta de tato e desconfiômetro do colega constrangeu nosso educadíssimo cicerone e nos deixou envergonhados.

Somente não ocultei minha cabeça em determinado vaso porque não tinha a chave do banheiro.

4

Wandeca de todos os pratos

Certa feita, fomos a Diamantina e nos hospedamos na Pousada do Garimpo, cujo *chef de cuisine* era o melhor do pedaço.

Comida farta e variegada.

Perguntou o colega Emerson ao renomado W. Deca:

— O que temos para comer no almoço?

Respondeu-lhe o cozinheiro:

— Feijão-tropeiro, tutu com lombinho à mineira, frango ao molho pardo e o melhor de todos os pratos: **eu próprio!**

Preferimos saborear a culinária mineira, tradicional e mais conservadora, para desgosto e decepção do ofertante *chef.*

5

Régulo se desforra de minha arrogante recusa

A 5ª e a 12ª Varas Cíveis, cuja Secretaria era capitaneada por um mesmo escrivão, eram locais assustadores pela desorganização, acúmulo de processos e eventual argentarismo de alguns servidores informais.

Quase ninguém se arriscava a ser promovido àquele holocausto.

Depois de longa vacância, Super Tibagy assumiu e arrumou a casa na 5ª Vara.

Restou-me a 12ª, ideal para quem gosta de praticar alpinismo nas montanhas processuais.

Assustei-me com a herança, deixada por meu ilustre, culto e vagaroso antecessor.

Num primeiro momento, não quis pedir ajuda, na sincera esperança de que daria conta do mau bocado.

Sem que eu pedisse socorro, o Corregedor-Geral da época mandou-me um juiz cooperador.

Irritado, compareci ao gabinete daquela autoridade, dispensando a cooperação que não pedira.

Assinalei, no entanto que, se não desse contato do recado, retornaria à sua presença em busca de um ajudante.

Três ou quatro meses após essa entrevista, implorei ao chefe a ajuda dantes recusada.

Esclareci que era muito volumosa a carga processual, de que somente tomara conhecimento naquele momento sequencial à recusa.

Com a franqueza que lhe era peculiar, Régulo esbravejou:

— Quando lhe mandei aquele cooperador, já sabia a sobrecarga de sua Vara. Arrogantemente, você recusou a ajuda, e mandei-o para outro colega necessitado. Ainda que houvesse substitutos e cooperadores disponíveis, eu indeferiria seu pedido, porque você, além de vaidoso, é arrogante e mal-educado. Vire-se sozinho para colocar o serviço em dia.

Completou ele:

— A Corregedoria não lhe dará qualquer ajuda, porque os autossuficientes, como você demonstra ser, de nada precisam!

Virei-me sozinho.

Quase morri de tanto trabalhar.

Ao ser promovido para o TAMG[1], já esvaziara 90% das prateleiras cartoriais, deixando ao sucessor os feitos mais complexos, cabeludos e volumosos.

35 anos após bater em retirada da mencionada Vara, continuo cansado do infausto trabalho de enxugamento de gelo ali desenvolvido.

O Corregedor daquela época estava coberto de razão: o orgulho quase me matou!

1 Fui promovido ao TAMG no dia 26/05/1988.

Caderno VII

A via crucis *promocional*

1

De juiz a entregador de jornal

Ser promovido demandava muito cansaço e consumia todo o dinheiro que não tínhamos.

Na *via crucis* promocional, percorria eu todos os endereços desembargatoriais, já que não havia gabinetes para aqueles que quisessem despachar e elaborar votos no próprio tribunal.

Jejuno em regras de etiqueta, fretava eu um táxi e, sem prévio aviso, visitava a residência dos futuros eleitores a partir das 7 horas.

Numa manhã de sábado, o Des. Sylvio Lemos recebeu-me de bom humor e de pijamas quando o surpreendi, em plena faxina, no apartamento em desalinho, cadeiras de perna para o ar, na rua Sergipe, imediações da Praça da Liberdade.

Com a maior cara de pau, recolhi seu exemplar do *Diário Oficial* na portaria e, como se fora um estafeta, entreguei-o em mãos ao simpático destinatário, que levou tudo na esportiva e não regateou seu voto.

2

A luta continua

Tão madrugador quanto eu, graças ao hábito de ordenhar vacas em sua fazenda do Vale do Mucuri, o Des. Régulo da Cunha Peixoto jamais deixou de receber-me amistosamente em seu escritório caseiro, mesmo que estivesse trajado com seu pijama listrado pega-frango, de manequim menor que o seu.

Noutra inconveniente visita, dei-me mal ao surpreender, de manhãzinha, um sobrejuiz cerimonioso, que me advertiu polidamente:

— Não venha à minha casa, nem vá à casa de qualquer outro colega, sem prévio aviso, para não nos encontrar de pijama, (in)dormidos ou em plena sessão de fisioterapia.

Não reincidi no erro.

3

O senhor não me é estranho

Engraçada foi a visita ao Des. Reis Alves, em sua mansão da rua Nova Era, no nascente bairro das Mangabeiras.

A escada de acesso ao imóvel era por demais íngreme.

Míope, esperava-me a vítima em pijamas, no alto do morro, saudando-me:

— Jovem, o senhor não me é estranho!

E não era mesmo, porque repetia, distraidamente, a visita que já fizera pela manhã.

Lembro-me, com tristeza, da "despedida" desse humilímo desembargador de sua curta passagem pela presidência do TJMG.

Pelas 10 horas, antes da vespertina solenidade de posse, celebrou-se, na Catedral da Boa Viagem, missa em ação de graças pelo empossamento da nova direção, a ser capitaneada pelo Des. Régulo.

No final da celebração, as viaturas oficiais saíram abarrotadas do estacionamento do templo.

Somente o Pres. Reis Alves, que ainda não era ex, ficou a pé, aguardando uma carona, oficiosa ou oficial, que não apareceu.

Não fora o prestimoso colega Lucas Sávio de Vasconcelos Gomes, até hoje, no sol a pino, o míope e, até então, dirigente estaria aguardando um hipotético transportador.

Aprendi a lição: **As mariposas e os amigos do poder abandonam a luminária que se apaga, para circundar a que se acende.**

Quem me ensinou essa lição foi o poeta romano Ovídio: "*Donec eris felix, multos numerabis amicos. Tempora si fuerint nubila, solus eris*".

Obrigado, Lucas! Pena que você partiu tão cedo!

4

E... a cabala continua!

De tanto implorar votos, guardo de cor o endereço e os tiques nervosos de alguns eleitores.

Na rua Laranjal nº 127, no bairro Anchieta, com uma piteira em forma de cruz a proteger seu inseparável cigarro, Lima Torres dissertava, horas a fio, sobre a obra do processualista penal italiano Carnelutti, finalizando sua aula com uma indireta para a nossa ignorância jurídica:

— Quem não conhece a fundo a obra daquele jurista é ignorante em direito.

Saía do prolongado encontro sem qualquer sinal do (im)provável voto, mas razão não faltava ao ilustre e ilustrado tabagista para excluir-me de seu escrutínio:

— Desconheço as obras que Carnelutti "cometeu" e não tenho qualquer interesse em conhecê-las nesta outoniça e memorialística fase de minha vida.

Na Cidade Jardim, fui recebido por dois *gentlemen*:

1) Antônio Pedro Braga: portador da tríplice coroa, por integrar o Legislativo e o Executivo estaduais, além de exercer o Judiciário, que chegou a presidir. Educadíssimo, encontrava-se na garagem de sua casa, de saída, no volante, quando o abordei, súplice, e ele retardou sua viagem para acolher-me no escritório doméstico.
2) Mello Júnior: morador de um palacete com pilares greco-romanas, em cujo salão deixou-me à vontade, trajado de *robe de chambre*. Morreu numa viagem turística ao Oriente. O amado filho Luiz Eduardo de Almeida Mello, tão culto e educado quanto o pai, foi diretor-geral do TRE, professor na PUC e notabilíssimo advogado, que chegou a integrar cinco listas da OAB-MG, mas não logrou a investidura no TJ, "por razões que a própria razão desconhece", mas o Poder Político não desconhecia.

Como na fábula "O Sapo e o Vagalume", narrada pelo argentino José Ingenieros em *O Homem Medíocre*, o excessivo brilho de Paulo Eduardo a todos cegava e causava inveja.

Perdeu o Tribunal com a sua preterição pelo Executivo.

Ganhou altitude a advocacia mineira!

5

A peregrinação pelos bairros Anchieta e Centro prosseguem!

O Des. Wagner de Luna Carneiro, residente na rua Dom Vital, era tão sistemático quanto o filho (e meu amigo) Kelsen. Suportei, com o silêncio dos pedintes, as espirais de fumaça oriundas de sua tradicional piteira.

Enquanto eu implorava seu voto, ouvia ele minha postulação sem dizer palavra.

Jamais fiquei sabendo se o suplicado votava ou deixava de votar no jovem e imprudente invasor domiciliar, que até então não aprendera a marcar audiência com Suas Excelências.

Na Serra, visitei o Des. César Silveira, pai de Sidney Safe da Silveira e do Delegado Cid Nelson.

Senti-me à vontade para pleitear promoção para a comarca de C. M. Dentro, onde ele fora juiz e se casara na família Safe.

Falei a mais não poder, como costumo fazer, para o alheio sofrimento auricular.

Sério e reservado por demais, meu interlocutor não disse palavra nem prometeu escrutinar-me.

Pode ser que tenha votado em mim, pode ser que não... como diriam Caetano e Gil.

6

Uma visita por atacado

No edifício da avenida Afonso Pena nº 1626, na confluência da rua dos Guajajaras, residiam três sobrejuízes que, certamente, dispensavam o transporte oficial pela proximidade do Palácio da Justiça:

Nº 1 – **Silas Santos Coura**: silenciosa esfinge, abarrotada de processos.

Nº 2 – **Ruy Gouthier de Vilhena**: falante, comunicativo, transparente, elegante, bem-humorado e solidário.

Nº 3 – **Iracy Jardim**: inesquecível e afável; jamais deixou de ouvir-me, apoiar-me e aceitar minha carona no final das festas.

Graças aos modelos de sentenças e despachos desse antigo juiz de Lajinha, Ipanema e Conceição do Mato Dentro, obtive excelente avaliação nas provas práticas do concurso de ingresso na magistratura.

Simples, como convém aos sábios, sempre se igualou aos colegas da inferior instância.

O poder, demolidor de muitas cabeças coroadas, jamais subiu na sua.

Repousa ele na santa paz dos justos.

7

Uma visita à modesta casa da rua Caldas nº 133, no bairro do Carmo

Sempre fui bem recebido na residência do Des. José Gonçalves de Rezende, oriundo do vetusto PSD, de seu compadre Guilhermino de Oliveira.

No início de sua carreira, judicou ele nas comarcas de Inhapim e Conceição de Mato Dentro.

Decisivo foi o seu apoio para que eu também atuasse em ambas.

Elevado à Corregedoria-Geral, destacou-me para conduzir duas sindicâncias em desfavor de juízes de Abre Campo e Paraguaçu.

Desincumbi-me, a contento e com presteza, de ambas as missões, mas a rapidez do desencargo desagradou ao motorista e ao escrivão que me acompanharam e tiveram de devolver à tesouraria o excesso de diárias.

Numa de nossas visitas postulatórias, D. Hélia, esposa do desembargador, simpatizou tanto com minha consorte, a ponto de escancarar-lhe as portas dos armários, cujas gavetas eram etiquetadas para a identificação do vestuário ou do enxoval guardados.

Lucramos duplamente naquela peregrinação.

Um voto decisivo para minha promoção e uma lição de organização dos gaveteiros.

8

Costa Loures numa prova de amor judiciário

Nascido em Rio Novo, nosso personagem se casou com D. Lair em São João Del Rey e atuou em diversas comarcas, dentre as quais Lajinha, onde, terceiranista no curso de Direito, conheci-o nos idos de 1963.

Timidamente, visitei-o num antigo casarão que pertencera aos meus ancestrais e lhe fora alugado por Juca Fortunato.

Jamais, em tempo algum, vira de perto um magistrado.

Sorte a minha.

Fui recebido por um profissional diferenciado, educadíssimo e em *robe de chambre*.

A conversa foi informal, oportunidade em que me serviu uma pequenina taça de vinho, acompanhada de queijo como tira-gosto.

A amizade, nascida naquele primeiro encontro, perdurou pela vida afora, por toda a minha carreira.

Foi presidente do TJMG por apenas três meses, até ser atingido pela expulsória[1].

Quinze dias antes do término de seu mandato, o Des. Costa Loures presenteou-nos com a assinatura de um convênio, ensejador da ampliação e da reconstrução do edifício do fórum lajinhense, somente reinaugurado em 13/09/1997, na gestão de seu sucessor, Des. Paulo Tinôco.

Desnecessário reproduzir, neste acanhado espaço, a vastidão e a riqueza de seu currículo, de que falarei em livro projetado, *in fieri*, cujo título será *Meritíssimos Perfis*.

Por derradeiro, relembro o casal de eternos enamorados Loures e Lair, mãos entrelaçadas, todas as tardes fazendo *footing*[2] pela praça principal de minha terra.

---

1 Carinhoso e consolador apelido que dávamos à aposentadoria compulsória.

2 Atividade comumente realizada nos tempos antigos, que condizia com a caminhada de um lado para outro em ambientes públicos, como praças e avenidas.

Sempre que retornava àquela antiga comarca, o casal era presenteado, por minha irmã Shirley, com uma embalagem das balas artesanais de coco "Delícia", além de um vaso da planta conhecida como "agarradinha"[3] e de um estojo recheado de uma guloseima conhecida como "casadinhos"[4] ou "bem-casados".

Assim o foram na alegria e na tristeza, na saúde e na doença.

A morte prematura do filho Marco Antônio, vitorioso engenheiro da Caixa Econômica Federal, ao invés de abalar, fortaleceu ainda mais o ânimo paterno.

Loures aparentava serenidade, para não sucumbir à dor da esposa, que nunca mais foi a mesma após a perda do seu amado rebento.

Permaneceu acamada, longe da realidade, nos últimos anos de vida.

Em minha derradeira visita ao seu apartamento da rua Rio Verde, no bairro Carmo-Sion, não consegui vislumbrá-la no leito de morte.

Também não vislumbrei, no recinto, a presença de enfermeiras ou cuidadoras.

Já aposentado, Loures se excedia, em tempo integral, dia e noite, na prorrogação da vida de sua amada.

Tanto se exauriu que acabou morrendo antes dela.

Para que seu testemunho frutifique, fugi ao subtítulo do livro para me dedicar a um episódio de **amor judiciário**...

---

3 *Antigonon leptopus* é uma planta conhecida como "amor-agarradinho" ou "agarradinha"; é uma espécie de trepadeira com belas flores rosas que geralmente nascem em forma de coração.

4 Um doce tipicamente composto por duas metades de um biscoito com entremeios de goiabada.

Caderno VIII

No Clube Recreativo Forense

1

Convivendo com um simpático nome de praça

Foi no bucólico Clube Forense que, pela vez primeira, cervejei com um desembargador, que ainda era juiz, mas ainda não era nome de praça.

Natural de Juiz de Fora, o elegante baixinho era apaixonado pela terra natal, pela vida, pelos filhos Claudia Regina[1] e Chico Maia[2], pela esposa Laura, pelo América F. C. e por todas as coisas boas, próximas ou distantes.

Recebia-nos festivamente na mansão da rua Prof. Iracema Pimenta nº 145, no pórtico do bairro São Bento.

Como desembargador, integrante da Corte Superior, jamais deixou de apoiar-me as pretensões de carreira, mormente quando postulei e ganhei Muriaé, comarca de sua especial afeição.

Para ser promovido, miraculosamente e por antiguidade, para aquela comarca, também recebi a indispensável ajuda de um personagem rodrigueano, popularizado como Sobrenatural de Almeida.

Não fora o duplo empurrão do Des. Ayrton e do Sobrenatural, impossível seria a promoção, sem o interstício bienal, com apenas um ano e nove meses de permanência em Conceição do Mato Dentro, para a cobiçada metrópole da Zona da Mata.

Ressalte-se que fui, "merecidamente", promovido por antiguidade, ultrapassando sete postulantes mais antigos!

Reservo os pormenores da fantástica promoção para o último volume desta memorialística, cujo nome provisório é *De galho em galho*.

1 Atual desembargadora do TJMG.
2 Engenheiro, advogado e mestre pericial.

2

Rubem Miranda: simples, humilde, honrado e discretamente entristecido

No mencionado clube campestre, um dos colegas frequentadores, certamente por timidez, não se misturava ao bando de cervejeiros.

Era aquele senhor que consumia uma garrafa única de cervejota na sombra de uma raquítica árvore, insuficiente para impedir o aquecimento do líquido.

Jamais revelou a terceiros um trágico acidente ocorrido em Santo Antônio do Monte.

Naquela sua primeira comarca, seu primeiro bebê desaparecera, porque tragado e morto nas profundezas de uma cisterna.

A irreparável perda certamente ocasionara aquela trágica e discreta tristeza, que nunca abandonou aquele homem extraordinário, cujo voto foi decisivo em todas as minhas promoções.

Gratíssimo ao Des. Rubem Miranda, cuja descendência sempre dignificou sua memória de homem culto, modesto e probo.

Muito me alegrou assistir à solenidade comemorativa dos 45 anos de fundação da Escola Judicial Des. Edésio Fernandes.

Naquela oportunidade, sua filha psicóloga dividiu com o pai, presente em espírito, a condecoração que lhe foi, merecidamente, outorgada.

3

Bambuiense, mas nascido em Luz

Quando aportei em Bambuí pela vez primeira, em 1964, o tribuno mais afamado do pedaço era o Dr. Maninho[1].

Além de inflamado orador nas sessões de júri, pontificava ele como um inigualável civilista.

Foi casado com D. Lucinda Alvarez O. Leite, participante do mesmo coral religioso, integrado por aquela que seria minha esposa por 53 anos.

Filha de um abastado espanhol, D. Lucinda era devotada ao assistencialismo social, compartilhado com minha ex-sogra Nazinha, a farmacêutica Olga Chaves e outras dedicadas e caritativas damas da sociedade local,

Em Bambuí, a futura e incansável criadora do NUTRIS lançou seu embrião ao fundar a "Rocinha"[2] e o Lactário para a meninada carente.

A sólida amizade de D. Lucinda com a família Moreira Torres foi decisiva no penúltimo degrau de minha carreira (TAMG).

Na oportunidade, o Des. Oliveira Leite, a quem eu visitava sem pedir licença, na rua Rafael Magalhães, no bairro Santo Antônio, foi decisivo e incansável para minha ascensão da 12ª Vara Cível ao Alçada.

Foi a mais difícil de minhas promoções: dois exaustivos e incessantes anos de infrutífera perambulação.

Exausto de tanto ser preterido, por outros mais capazes e sortudos do que eu, liberei o Dr. Maninho de seu incansável apoio, mas ele, do patamar de sua elevada cultura jurídica, emoldurado por inseparável sorriso e por finíssima dose de ironia, empurrou-me até que eu chegasse, por (des)merecimento, ao almejado posto:

— Ainda que você desista da peleja, dela não desistirei, por uma simples razão: você é um defunto facílimo e levíssimo de carregar.

Continuo (não) o sendo, mesmo após a partida do casal de padrinhos.

---

1 José Oswaldo de Oliveira Leite, mais tarde, desembargador pelo quinto constitucional da advocacia.

2 Horta-escola comunitária infantil.

Caderno IX

Pontofinalizando...

1

Nunca vim ao fórum como testemunha...

Judicava eu na 12ª Vara Cível da Capital.

Audiência de instrução e julgamento.

No decorrer da qualificação, um senhor idoso, humilde, oriundo da zona rural, demonstrava constrangimento pelo fato de testemunhar judicialmente pela vez primeira.

Manifestou-me o seu estado de espírito.

O envergonhado idoso disse-me:

— Sou um homem pobre, porém honrado. Jamais compareci ao fórum como testemunha!

Tranquilizei-o:

— Eu também não, meu senhor. Como testemunha, jamais vim aqui, onde estive antes como advogado, promotor e, agora, como juiz. Compreendo o seu desconforto, que também seria o meu, se estivesse em seu lugar.

2

Além de mineirinho, come-quieto

Mineirinho, baixinho, natural da Zona (lato sensu) da Mata, nosso caro amigo preferiu judicar em terras capixabas, onde também flanava com seus dois ultraleves.

Seu diminuto porte físico não despertava suspeitas sobre o seu esporte favorito.

Mais do que mineiro, era um "mineirinho come-quieto", o que em nada prejudicou seu ofício de julgador, valendo-se das férias forenses para "unir o útero ao agradável", com o indispensável "data venia".

Presidia ele uma audiência de separação litigiosa em que o cônjuge-varão atribuiu à esposa a pecha de adultério.

No depoimento pessoal, o "ultrajado esposo" nominou todos os supostos parceiros de seu leito conjugal, acrescentando:

— Além de dormir com todos aqueles que mencionei, ela também "ficou" com Vossa Excelência, "meretíssimo juiz".

Inabalável e imperturbável, o magistrado reduziu a termo, de modo fidelíssimo, tudo o que acabara de ouvir em seu desfavor:

> "Que, ao ser perguntado sobre os motivos da separação, o depoente respondeu que sua mulher o traía com quase todos os homens da cidade, inclusive com o juiz que preside esta audiência."

Em 2006, na posse do novo presidente do TJ/ES, assentei-me ao seu lado e lhe perguntei sobre a fama de conquistador do mencionado baixinho.

Respondeu-me:

— Era e continua sendo verdade. Seu conterrâneo não resiste a uma barra de saia!

3

Um julgamento mui transparente

Era nosso propósito dissertar, apenas, sobre as cenas hilárias sub-toga.

Fomos além, descrevendo o que também ocorria debaixo das becas, dos jalecos, dos aventais e dos lençóis.

Por mais que nos esforçásssemos, não conseguimos criar ou reproduzir nenhum episódio que se assemelhasse à escancarada ausência de toga, pijama e calças, apresentada ao vivo por um distraído desembargador nordestino que, durante a pandemia, julgava colegiadamente, "on-line", à distância.

Da cintura para cima, Sua Excelência se trajava segundo os ditames da liturgia do cargo: paletó, gravata e outros adereços essenciais ao exercício da boa judicatura.

Ocorre que a câmera indiscreta filmou e exibiu, *urbe et orbe*, aquilo que deveria ser o sujeito oculto do julgamento: a cueca samba-canção do julgador! Sem nada por cima! Foi um prato cheio para os que pugnam por uma justiça transparente.

Maior transparência não há.